알 게 뭐야,
내가 좋다는데

알 게 뭐야, 내가 좋다는데

모로 가도 뭐든 하면 되지

ⓒ 이해범 2021

초판 1쇄	2021년 9월 28일		
지은이	이해범		
출판책임	박성규	펴낸이	이정원
편집주간	선우미정	펴낸곳	도서출판 들녘
편집진행	김혜민	등록일자	1987년 12월 12일
디자인진행	김정호	등록번호	10-156
편집	이동하·이수연	주소	경기도 파주시 회동길 198
마케팅	전병우	전화	031-955-7374 (대표)
경영지원	김은주		031-955-7376 (편집)
제작관리	구법모	팩스	031-955-7393
물류관리	엄철용	이메일	dulnyouk@dulnyouk.co.kr
		홈페이지	www.dulnyouk.co.kr

ISBN   979-11-5925-663-9 (03810)

알 게 뭐야,
내가 좋다는데

모로 가도
뭐든 하면
되지

이해범 지음

들녘

목차

힘내기보다 어려운 힘 빼기

몇 번을 지우고 몇 번째 다시 쓰는 프롤로그인지 모르겠다. 벌써 몇 주째 이 짓을 반복하고 있는데, 오늘은 헛웃음이 나온다. 스스로에게 묻고 싶다. 책 한 권 분량을 다 써놓고서도 자신 있게 내가 쓴 글은 이런 글이다! 라고 말하는 게 그렇게 어렵냐?

…웅. 그래. 사실 너무 어렵다. 프롤로그는 책을 시작하는 첫머리라지만, 지금 내게는 마무리처럼 느껴져 더욱 힘이 들어간다. 제발 어깨에서 힘 빼고 긴장 좀 풀자, 으응? 정신으로 육체를 다독여보지만 몸은 말을 듣지 않는다. 이 모순적인 인간아. 네가 쓴 글 중에 그런 대목도 있잖아. 인생도 힘을 빼고 살아야 잘 산다고. 그래 놓고 정작 프롤로그부터

힘을 잔뜩 주면 어쩌라고.

이럴 땐 역시 땀 빼는 게 최고지. 운동하며 머리를 비우
니 비로소 몸에 힘이 쫙 빠진다. 글도 운동처럼 힘을 빼고
쓸 수 있다면 좋을 텐데.

보통은 운동할 때 힘을 많이 쓴다고들 생각한다. 맞는 말
이기도 하고 아니기도 하다. 어떤 운동이든 초반에는 힘이
많이 들지만 어느 정도 익숙해지면 힘을 빼야 더 자유롭게
몸이 움직인다. '부드러움이 강함을 이긴다'고 어디서 들어
본 듯한 말도 있지 않은가. 하여간 이 말처럼 인생과 운동
은 여러 면에서 많이 닮았다. 애쓴다고 해서 안 될 일이 잘
되는 것도 아니고. 흐르는 물을 거스르는 것도 쉽지 않다.
도리어 물살에 몸을 맡길 때 생각보다 유연하게 풀리는 것
또한 인생.

그러니까 우린, 힘을 좀 빼고 흐느적거리며 살 필요가 있
다. 굳이 이마에 힘줄 튀어나오게 힘들여봤자 사람 사는 건
비슷비슷하다. 그럴 바엔 힘 좀 빼고 사는 게 더 이득이다.

솔직하게 말하자면, 이럴 때 조금 아쉽다. 내가 좀 '대단한' 사람이었다면 내 이야기에 조금은 더 설득력이 있었을 텐데. 하지만 그저 이런 사람도 잘 살고 있다는 걸 이야기해주고 싶었다. 특별한 사람들만 돋보이는 것 같은 세상이다. 그 사이에서 때때로 스스로가 쓸모없는 사람인가 싶은 우울한 생각이 몰려올 때면, 나 이해범을 떠올리셔라. 세상이 말하는 '성공'과는 거리가 먼 아마추어 같은 인생을 사는 사람. 그러나 주눅 들지 않고 나만의 속도에 맞춰 나름대로 성실히 살아가는 사람이 이렇게 당신 가까이에 있으니.

오늘도 승모근이 잔뜩 솟아오른, 당신의 뻣뻣한 어깨를 살포시 두드려주고 싶다. 하루하루 긴장을 풀 수 없는 각박한 세상에서 잠시라도 정신줄을 놓고 피식 웃을 수 있기를. 나의 글이 당신에게 그런 작은 여유가 되었으면 한다.

Part 1

모로 가도
어찌추어만
되면 되지

가만히 있다간 뒈진다

[1라운드]

땡–

    종이 울리자 체육관 사람들의 시선이 링 위로 집중된다. 시합이 시작되자마자 상대는 주먹을 내던지며 앞으로 돌진한다. 한 발자국, 두 발자국 뒤로 빠지며 눈치껏 견제하지만, 이윽고 코앞까지 다가온 상대와 눈이 마주친다. 우린 분명 오늘 처음 보는 사이였지만, 철천지원수를 마주한 것처럼 잡아먹을 듯 서로를 응시했다. 순간 상대의 주먹이 내 복부 깊숙이 들어왔고, 마치 췌장이 송곳에 찔린 것 같은 고통이 느껴졌다.

'아오, 이 자식. 글러브에 돌멩이라도 집어넣었나? 더럽게 아프네.'

문득, 대회를 준비할 때 코치님이 짜준 작전이 떠올랐다.

"막 들이대는 애들은 다 네 밥이야. 우선 방어해. 그럼 상대는 알아서 지칠 거야."

맞으면 맞을수록 고통은 커졌지만, 코치님 말이 생각나 정신이 또렷해졌다. 일방적으로 맞고 막으면서 기다렸다. 상대가 지치기를. 마음껏 때려라, 너는 곧 행사장 풍선 인형처럼 흐느적거릴 테니. 그렇게 막고 막다 보니 어느새 1라운드가 끝이 났다.

땡-

1라운드를 마치는 종소리가 들렸다. 나는 링 구석에 있는 코치에게 향했다.

"체력 남았냐?"

"아니요. 죽겠어요."

"잘하고 있어. 쟨 이제 남은 체력 없을걸? 쟤가 뒤로 빠지는 순간을 기다렸다가 한 방 날려버려."

[2라운드]

땅-

두 번째 라운드를 알리는 종소리가 울렸다. 녀석은 첫 라운드와 마찬가지로 성큼성큼 앞으로 돌진했다. 코치님과의 작전대로 나는 다시 방어에 들어갔다.

'그래, 지가 체력이 좋아 봐야 얼마나 좋겠어.'

…라고 생각한 지 2분이 지났지만, 녀석의 주먹질은 멈추지 않는다. 이 자식 아침에 뭘 먹고 온 거야. 홍삼 먹인 장어라도 먹고 온 거야 뭐야. 녀석의 표정엔 지친 기색 따위는 보이지 않는다. 순간 머릿속에 요 며칠 내가 먹었던 것들이 스쳐 지나갔다.

"그거 먹고 되겠어?"

"응. 아직 800그램 더 빼야 해."

경기를 준비하며 체중이 생각처럼 쉽게 줄지 않았다. 어쩔 수 없이 먹고 더 운동해 겨우 계체량을 통과했다. 여자친구가 다이어트를 할 때마다 예민하게 굴었던 이유를 이제야 알 것 같다. 다시 종소리가 들려왔고, 나는 지친 몸으로 다시 링 구석으로 갔다.

"야, 체력 어때?"

"…휴, 쟤는 왜 안 지쳐요?"

"마지막 라운드야. 조금만 더 참아."

[3라운드]

땡–

종소리와 함께 상대는 또다시 나에게 다가왔다. 마치 투우사에게 돌진하는 소처럼. 더는 안 되겠어. 더 버티다가는 우승이고 뭐고 내가 뒈져버릴 것 같아!

'그래 작전이고 뭐고 모르겠다. 우선 살아야지. 너 죽고 나 살자.'

이런 생각을 하던 찰나, 상대의 가드가 내려갔다. 순간적으로 나타난 그의 얼굴. 나는 지금까지 참아왔던 울분을 토해내듯 그를 향해 있는 힘껏, 주먹을 날렸다.

복싱의 법칙은 단순하다. 한 대 맞고, 두 대 때리면 이긴다. 피하기만 해서는 점수를 받을 수가 없다. 무조건 앞으로 나가 상대보다 더 많이 때려야 한다.

링 밑에서 코치님의 목소리가 어렴풋이 들려왔다.

"야, 이 새끼! 공격하지 말고 막아. 방어해."

아, 몰라. 안 들려요. 코치님. 가드만 하다 제가 맞아 죽을 것 같아요.

이대로 진다면,

'코치님도 욕을 한 사발 할 거고.'
'상대는 날 비웃을 거고.'

'그럼 쪽팔려서 체육관도 못 가다가 결국 복싱도 그만두 겠죠.'

'이겨서 인스타에 자랑도 해야 하는데.'

'지면 자랑은커녕 변명만 늘어놓게 될 거예요.'

'최선을 다했다. 승패 따윈 중요하지 않다. 정신 승리!'

'이따위 개소리하며 스스로를 위로하고 싶지 않아요.'

'때리려고 복싱하는 거지 맞으려고 복싱하는 건 아니잖 아요.'

'맞고 오면 엄마가 얼마나 슬퍼하겠어요. 저도 울 엄마 귀 한 자식인데.'

'아빠도 때리면 때렸지 맞고 다니지 말라고 했어요.'

'아, 배고파 죽겠네. 빨리 끝내고 돈가스 먹고 싶어요.'

퍽- 땡-

정신없이 주먹을 던지다 보니 어느새 상대가 링에 쓰러 졌다. 그러고는 심판이 내 왼팔을 번쩍 들어 올렸다. 경기는 끝이 났다.

'가만히 있으면 중간은 간다'라는 말이 있다. 하지만 복싱엔 중간이 없다. 이기거나 지거나 둘 중 하나다. 링에 올라간 순간 도망갈 곳은 없다. 그러고 보면 인생도 복싱과 참닮았다.

피하거나 도망가는 것도 한계가 있고, 가만히 있으면 뒈진다.

너희들, 만류귀종이라고 알아?

운동을 엄청 좋아하는 친구가 있다. 석 달 전쯤 볼링을 시작했는데, 어제는 클라이밍 수업을 등록했다고 한다. 내가 알기론 얘 그거 말고도 자전거, 달리기, 수영, 보드, 복싱까지 운동을 엄청 많이 하던데… 미친놈. 그게 바로 나다.

가끔 사람들이 묻는다.

"어떤 운동 잘하세요?"

"…"

'잘'이라는 한 글자가 대답을 곤란하게 만든다. 잘한다는 건 어느 정도를 얘기하는 걸까?

"특별히 잘하는 건 없어요. 그냥 이 운동 저 운동 찔러보는 걸 잘해요."

겸손 떤다고 말하는 사람도 있겠지만 정말이다. 물론 '잘'의 기준은 제각기 다르겠지만, 내 기준으로 생각했을 때 두드러지게 잘하는 운동은 없다.

다양한 운동 종목을 섭렵했지만 나는 유독 공놀이와 인연이 없다. 솔직히 얘기하면, 태생적으로 공과 친하지 않다. 축구는 개[犬]발이라 공이 내 발에 닿는 족족 상대방에게 자동 패스되고 농구는 몸싸움만 하다 얼굴을 붉히는 경우가 대부분이었다. 그렇게 공과는 앞으로도 인연이 없을 거라 생각했다. 그런데 친구들과 놀이 삼아 찾은 볼링장에서 우연히 친 스트라이크가 공 맛을 느끼게 했다. 빠르게 회전하는 공이 볼링 핀을 모두 날려버릴 때면 어찌나 짜릿하던지, 온몸에 소름이 돋았다.

다음 날, 나는 볼링 장비를 사러 갔다. 이왕 시작했으면 프로까지는 되지 못하더라도 아마추어는 돼야지, 라는 마음으로.

어떤 운동이든 처음 시작하면서 장비를 살 때 두 가지 선택지가 있다. 입문용 장비를 살 것인가 아니면 중·상급자용으로 살 것인가? 처음이니까 당연히 입문용을 사는 게 맞겠지만 이런 고민을 할 때마다 머릿속을 두드리는 격언 하나.

'프로들은 장비 탓을 하지 않는다. 이미 좋은 장비를 갖추었기 때문에.'

목수는 연장을 탓하지 않는다고 하지만, 이쪽 업계(?)는 조금 다르다. 훌륭한 목수는 이미 자신에게 잘 맞는 연장을 가지고 있는 법이지. 그러면 운동을 하는 사람에게 좋은 연장이란 무엇일까? 바로 '태'다. 요가가 지겨워지면 예쁜 요가복을 한 벌 새로 사 입는 것이 가장 좋은 권태기 탈출 비법이 되듯. 그래, 좋은 장비를 사기 위한 명분에 불과하다 해도 상관없다. 모름지기 운동에서 무엇보다 중요한 것은 태(라고 쓰고 간지라고 읽는)다.

그런데 입문용으로는 그 '태'가 나지 않는다. 하여 중·상급자용 볼링공과 전용 신발, 팔 보호대, 거기다 볼링 장비를 넣을 가방까지 구입하고는 기분 좋게 가게를 나왔다.

고급 장비를 들고 볼링장에 향하니 벌써 노련한 실력자

가 된 것 같아 흐뭇하다. 물론 느낌만 그랬다. 기초부터 제대로 배우기 시작하자니 기본적인 자세부터 걸음걸이 하나까지 뭐 하나 쉬운 게 없었다. 아이러니하게도 볼링을 배우면 배울수록 친구들과 놀면서 칠 때보다 점수가 낮아졌다. 떨어진 점수는 오를 기미가 보이지 않았고 그렇게 조금씩 흥미를 잃어갔다.

역시 공은 나랑 맞지 않는 걸까? 하지만 한 달 치 월급을 다 털어 장비를 산 탓에 이제 와 쉽게 그만둘 수도 없는 노릇이다. 그러길 삼 개월째, 오늘도 뭉그적거리며 가기 싫은 치과에 끌려가는 아이처럼 볼링장으로 향했다.

그런데 이상하게 오늘따라 볼링 핀이 잘 쓰러진다? 내 컨디션이 좋은 건지 볼링 핀 컨디션이 나쁜 건지. 스트라이크도 두더지게임의 두더지처럼 수시로 튀어나온다. 내심 기분이 좋아져 쉬지 않고 볼링공을 굴렸다. 문득 이 네 글자가 떠올랐다. 예전에 무협지를 읽다 머리에 각인된 말이었다.

'만, 류, 귀, 종'

칼을 쓰든 창을 쓰든 주먹을 쓰든 결국 극에 다다르면 똑같아진다는 뜻이다. 그래, 이 무거운 볼링공과 친해지다 보면 축구와 농구까지 잘하게 될지도.

나는 보라색 볼링공에 묻은 기름을 헝겊으로 부드럽게 닦아내며 중얼거렸다.

"볼링공아, 앞으로 친하게 지내자. 널 오늘부터 라벤더라고 부를게."

나는 라벤더를 데리고 레인 앞에 섰다. 그러고는 잠든 아이를 침대 위에 눕히듯 라벤더를 부드럽게 레인 위에 내려놓았다. 라벤더는 미끄러지듯 굴러가서 경쾌한 마찰음을 냈다.

"스트라이크!"

나 지금 방향 있는 방황 중이야

"책 내야 하는데…."

이 고민만 4년째 하고 있다. 왜 책을 쓰겠다고 마음먹어서 개고생인지. 4년의 세월을 내려놓기가 아까워서일까? 마음속 넋두리가 작게 한숨이 되어 나왔다.

버킷 리스트에 '책 만들기'를 추가했던 날이 생생히 떠오른다. 겨울의 끝자락, 그날은 몹시 추웠다. 나는 〈대통령의 글쓰기〉 저자인 강원국 작가의 강연에 갔었다. 친구가 같이 가자는 말에 얼떨결에 따라갔는데 그 강의에서 생각지도 못했던 말을 듣게 되었다.

"자, 이제 회사가 평생 여러분을 지켜주던 시대는 지났습니다. 자신만의 콘텐츠를 가지고 있어야 합니다. 사람들은 나만의 무기가 없다고 말들 하지만 꼭 그런 건 아닙니다. 우리 모두는 무기를 가지고 있습니다. 바로 자신이 살아온 인생이죠. 그 인생을 바탕으로 이야기를 풀어낸다면 누구나 책을 쓸 수 있습니다."

"…."

그의 말은 주먹이 되어 내 명치를 강타했다. 통증 같은 자극이 스물아홉 청년에게 내리꽂혔고, 며칠 후 나는 노트북 앞에 앉아 글을 쓰고 있었다. 물론 제대로 써본 적은 없었다. 하지만 쓰다 보면 어떻게든 될 거야 하는 생각으로 키보드 폭행을 계속했다. 그렇게 뇌를 쥐어짜며 간신히 채운 한 페이지. 읽어보니 뭐랄까, 하소연 같다고나 할까? 그야말로 아무 말 대잔치, 길고 지루한 일기, 그 이상도 이하도 아니었다. 이걸 어떻게 책으로 만들어, 갑갑한 마음에 노트북을 덮었다.

"그래도 한 페이지나 쓴 게 어디야."

한 바다을 다 채웠다는 자기만족에 다시 노트북을 켰다. 자기만족은 시간이 지나면서 근거 없는 자신감으로 자라났다. 나는 내게 안부를 묻는 주위 사람들에게 요즘 글 쓰느라 바쁘다고 자랑하듯 말했다. 연예인병보다 무섭다는 작가병. 고작 글 몇 편 썼을 뿐인데 벌써 작가가 된 것 같았다.

필시必時, 거만하게 교만을 떨었지만 감안해 보면
말에 어폐가 있는…

허세가 잔뜩 묻어나는 말투에 당최 무슨 말을 하고 싶은 건지 모를 만큼 한자어가 남발하는 문장들을 휘날리던 어느 날, 한 지인이 나를 물끄러미 바라보다 물었다.

"그래서 너 책은 언제 나와?"

훅 들어오네. 그의 질문에 말문이 막혔다. 나도 묻고 싶다. 내 책은 언제 세상에 나오는지. 내 안의 자격지심이 발동해서였을까? 대형 서점에만 가면 기분이 언짢아졌다. 손이 닿지 않는 높은 곳까지 책이 이곳저곳 빼곡하게 꽂혀 있는데 왜 내 책은 없을까. 꼭 러닝머신 위에서 뛰고 있는 사람처럼 제자리걸음을 하는 것만 같았다. 그렇게 책과 나 사이의 거리는 전혀 좁혀지지 않았고, 서점에 가면 나는 책 대신 열등감을 등에 업고 돌아왔다.

벚꽃이 떨어지고 계절은 어느덧 햇살 쨍쨍한 여름이 되었다. 더는 이렇게 시간을 허비할 수 없다는 생각이 들었다. 그러다 글쓰기 강의를 찾아다녔다. 강의를 들으면 들을수록 내가 보아도 글 쓰는 기술이 조금씩 나아졌다. 병이 있으면 의사한테 가라고 했던가? 그러면 글을 못 쓰니 역시 작가에게 가야 했던 것일지도.

글쓰기 기술은 조금 나아진 것 같았지만 문득 이런 걱정이 들었다. 이렇게 평범한 생각이 정말 책으로 만들어질 수 있을까? 특별하지도 않아 보이는 내 이야기를 누가 읽어주겠어. 나만의 특별한 무언가가 필요해.

내 안에 숨겨져 있을 어떤 '비범함'을 찾아 기억을 더듬었다. 그리고 그 끝에서 히말라야를 만났다. 그곳에서 한 달 동안 개고생하며 산을 걸었던 기억들이 수면 위로 떠올랐다. 그래, 이거지 이거! 이보다 특별한 게 있으면 나와 보라고 해.

어깨에 힘이 잔뜩 들어간 나는 그 상태로 다시 글을 썼다. 썼는데, 써야 하는데… 석 장 정도 쓰고 나니 더는 쓸 내용이 없었다. 분명 특별한 경험이긴 했다. 하지만 써놓고 보니 '힘들어 죽겠다'는 말이 대부분이었다. 대단한 일이라고 포장하고 싶었으나 딱히 대단한 일 같지도 않았다. 오히려 특별하게 쓰려고 하면 할수록 키보드를 두드리기가 어려워졌다. 나는 화풀이 하듯 애꿎은 키보드만 내리쳤다.

이후 얼마 동안은 글을 쓰지 않고 닥치는 대로 책만 읽었다. 그러던 어느 날, 어떤 책에서 '헤밍웨이의 글 쓰는 방법'을 보게 되었다. 솔깃했다. 세계인이 믿고 읽는 위대한 작가의 글. 그에게는 어떤 비법이 있는 걸까?

우선 쓴다. 그리고 고친다. 또 고친다.
그러고서 또 고친다.

뜻밖에 그가 글을 쓰는 방법은 너무나 간단했다. 헤밍웨이는 도무지 빠져나갈 수 없을 것 같은 미로에 갇혔던 나에게 어렴풋한 빛을 선사해주었다. 슬그머니 노트북을 열어 전에 써둔 글을 보았다. A4용지로 대략 50페이지 분량. 부끄러웠다. 예전엔 분명 괜찮다고 생각했는데, 지금 보니 창피하게 느껴지는 글이 대부분이다.

남이 볼까 무섭네. 그래도 부끄러운 줄 아는 걸 보면 조금은 안목이 생긴 걸지도. 그래, 진짜 바보는 자기가 바보인 줄도 모른다고 했어. 지금부터 고쳐야겠다. 쓰고, 고치고, 고치고, 고쳐볼 거야. 혹시 또 누가 알겠어? 내가 헤밍웨이 같은 작가가 될지!

다행이야. 돌아왔다. 집 나갔던 나의 근거 없는 자신감.

레스 형이든 테스 형이든

잭팟! 일복이 터진 걸까. 산더미 같이 쌓인 일거리를 결국 퇴근할 때까지 해결하지 못했다. 어쩔 수 없이 집까지 들쳐 메고 돌아오는 길. 아, 신발. 하기 싫어. 욕이 절로 나오네. 그렇다고 돈을 많이 주는 것도 아니면서. 내일 출근하기 전까지 일을 다 마쳐야 하는 것도 문제인데, 더 큰 문제는 당장 대학원 기말고사 시험과 일정이 겹쳤다는 것이다.

무슨 부귀영화를 누리겠다고 뒤늦게 대학원에 갔을까. 할 일은 쌓였는데 벌써 30분째 책상 앞에 앉아 노트북을 멍하니 바라보며 눈만 껌벅거리고 있다.

'운동이나 갈까.'

현실 도피인지 진짜 하고 싶은 것인지 모르겠지만 막연하게 그런 생각이 들었다. 고민하다 침대에 앉았다. 머리로는 운동이라도 갈까 했지만 몸이 더 편한 자세를 취하라고 유혹했다. 나는 그대로 드러누웠다. 육신이 나른해질 대로 나른해져 눈꺼풀마저 무거워졌다. 눈을 껌뻑이는데 문득 천장에 붙여두었던 글귀가 보였다.

생각한 뒤 뛰지 말고 뛰면서 생각해라.

한때 명언을 외우고 다녔던 적이 있다. 배움이 깊지 않은 나에게 명언은 '뭔가 있어 보이게' 해주는 썩 괜찮은 도구였다. 그렇게 수집한 명언을 집안 곳곳 붙여놓았다.

'그래, 우선 나가자. 나가 뛰면서 생각해보자.'

늘어진 몸을 겨우 일으켜 밖으로 나섰다. 스트레칭을 하고 나서 천천히 뛰었다. 중랑천 뚝방길을 따라서 조금씩 속도를 높여갔다. 머릿속에 가득했던 잡생각들이 바람에 쓸려 날아가는 것 같았다. 한 시간 정도 지났을까, 땀을 흠뻑 흘리고 집으로 가는 길. 배에서 요란한 소리가 들려왔다. 야

근을 한답시고 저녁을 부실하게 먹은 탓인지 배가 고팠다. 배고프면 일이고 뭐고 집중이 안 되지. 금강산도 식후경이라고, 우선 먹고 생각하자.

편의점에 들러 컵라면 두 개를 해치우고 나자 몸과 마음이 든든해졌다. 집에 돌아와 기분 좋은 포만감을 느끼며 그대로 다시 침대에 누웠다. 책상 위에 여전히 쌓여 있는 하다 만 일거리와 제출해야 할 보고서 같은 것들이 눈에 들어왔다. 잠시 멍하니 바라보다 고개를 돌렸다.

어설프게 할 거면 애당초 안 하는 게 낫다는 명언이 생각났다. 명언인지 격언인지 아니면 자기 합리화인지 모르겠지만. 아무튼 내일 일은 내일 생각하기로….

- 띠리리리, 띠리리리.

아이씨, 아침이다. 망했네. 오전 일곱 시에 맞춰 놓은 알람 소리에 잠이 깼다. 욕먹을 생각에 안 그래도 출근하기 싫은데 오늘따라 더 회사에 가기가 싫다. 어떡하지. 장염이라고 할까? 네이버 지식인에 '진단서 받는 법'을 잽싸게 검색하다, 이게 뭐 하는 짓인가 싶어 현타가 왔다. 고작 욕먹기 싫어서 진단서라니. 에잇! 가자, 가.

"죄송해요. 다 못했습니다."

"그럼 다음 주까지 해요."

이럴 사람이 아닌데, 어쩐 일로 상사가 가볍게 넘어간다. 매일 바닥을 치던 주식이 오늘은 상한가라도 친 걸까? 어쨌든 감사합니다!

퇴근 후, 'F'만 피하자는 생각으로 대학원 기말고사를 봤다. 그런데 웬걸, 마음을 비워서였을까? 모르면 더 잘 찍는다고 'B'를 받았다.

그렇게 한결 가벼워진 마음으로 하루를 마무리하고 하림이를 만났다. 하림이는 내게 철인 3종 경기에 나가려면 어떻게 해야 하는지 물었다. 그는 수상 구조 자격증을 취득했을 정도로 수영 실력도 충분했고 로드 자전거도 제법 잘 타는 동생이다.

"잘됐네. 마침 한 달 뒤에 대회 있는데 신청해 봐."

"아직 준비 안 됐어요. 더 준비하고 할래요."

하림이가 손사래를 쳤다.

"야, 시간 아깝게. 아리스토텔레스 형님도 그랬잖아. 시작이 반이라고. 왜? 입상이 목표야?"

"입상은 바라지도 않는데요. 그냥 아직 준비가 덜 된 것 같아서요."

"그럼 뭘 고민해. 테스 형이 그랬어. 생각한 다음에 뛰지 말고, 뛰면서 생각하라고."

잠시 어리둥절한 표정을 짓던 하림이가 물었다.

"형, 근데 그거 테스 형이 말한 거 맞아요?"

"…몰라. 그냥 미루지 말고 하라고."

늦었다고 생각하면 늦은 게 맞긴 해.
그런데…

   – 잘 지내지? 나 운동 유튜브 시작했어. 링크 보냈어. '좋아요'랑 '구독' 눌러줘.

   애도 유튜브를 시작했네. 지인으로부터 톡이 왔다. 링크를 클릭해보니 유튜브를 시작한 지 얼마 안 된 것 같은데 생각보다 구독자가 많다. 애도 이렇게 하는데 나도 한번 해볼까? 아니지. 했으면 4년 전에 했어야지. 이젠 늦었지 뭘.

   4년 전이었다. 히말라야에 가기 전에 이런 생각을 했었다. 영상을 많이 찍어 한국에 돌아가면 유튜브를 시작해야겠다고. 이런 야무진 생각으로 크레바스가 있을지 모르는 위험 속에서도, 고산병으로 호흡이 안 되고 머리가 깨질 듯 아파오는 상황에서도 나는 카메라를 켜는 것을 잊지 않았다. 그렇게 꿋꿋이 여러 역경을 견디며 다양한 사진과 영상 그리고 메시지를 담아냈다. 오랜만에 히말라야에서 찍었던 영상을 재생했다.

여정을 시작하며 찍었던 영상부터 본다. 히말라야로 가는 관문, 지구에서 가장 위험한 활주로로 유명한 루클라 공항을 거쳐야만 한다. 루클라 공항의 유일한 활주로 한 쪽 끝은 지형적 특성상 절벽으로 이어져 있다. 절벽으로 향하는 이 짧은 활주로를 이륙하는 장면에 설렘과 떨림 가득한 나의 목소리가 그대로 담겼다.

"형, 비행기 추락해도 이 정도 높이면 천국 가겠지?"

들판에서 짝짓기하는 야크를 보면서는,

"야~ 좋냐. 부끄러운 줄 몰라요."

높이 올라가면 올라갈수록 중력에 짓눌려 정신이 몽롱해지고, 장갑을 벗으면 칼에 베이는 것 같은 통증이 몰려왔다. 그러나 아랑곳하지 않고 꾸역꾸역 카메라를 꺼내 영상을 찍던 나를 보며 형이 말했다.

"야. (헉헉) 안 힘들어? (헉헉) 나는 가만히 있어도 머리가 아픈데 헉헉 넌 잘도 찍는다!"

"영상 많이 찍어서, (헉헉) 한국 가면 유튜브, (헉헉) 할 거예요."

"유튜브? (헉헉) 지금 좀… 늦은 거 같지 않아? (헉헉) 특히 히말라야 영상…은 (헉헉) 정말 많던데?"

많다고? 형이 숨 가쁘게 헉헉대며 생각 없이 던진 말에 마음이 쏠렸다. 귀가 얇은 편이기도 하지만 육체도 정신도 모두 지쳤기 때문일까? 카메라를 꺼내기가 너무나도 힘들었기에 아마 누가 나한테 그런 말을 해주기를 기다려 왔는지도. 그렇게 점차 카메라를 드는 순간들은 줄어들었고, 나중에는 카메라를 가방 안에 넣어두고 더는 찾지 않았다.

다시금 히말라야 유튜브에 대한 욕구가 솟아오르려 한다. 지금 시작해도 될까, 하면서 유튜브에 히말라야를 검색해봤다. 많았다. 많아도 엄청 많았다. 그런데 유튜브에 검색된 히말라야 관련 영상은 온통 진지하고 장엄한 다큐멘터리뿐이었다. 내가 열심히 영상에 담았던, 얼음물에 빨래하다 동상에 걸린 손이나 함께했던 형이 롯지에서 소변보다 넘어지는 그런 소소한 재미며 야크가 짝짓기하는 영상은 보이지 않았다. 아, 진작 유튜브 했으면 대박났을 텐데. 아쉽고 속상했다. 그러나 누구를 탓하리? 귀 얇은 나를 탓해야지. 일단 올리기라도 해봤어야 했다.

아직 망설이는가? 여전히 머뭇거리고 있는 당신에게 이런 말을 해주고 싶다.

3년째 고백도 못 하고 짝사랑으로 가슴앓이하는 수정이.

혼자 여행 다니는 사람은 부럽지만 혼자 여행 가기는 무섭다는 동생 진호.

새해 계획을 세울 때마다 몇 년 째 다이어트가 빠지지 않는 의지박약 친구 세준이.

그렇지만 1년 뒤에도 가슴앓이만 하고 부러워하고 두려워하고 싶지 않다면 지금이라도 시작해. 나도 지금부터 해보려고!

[이해범의 B급 수제비 TV 유튜브] '구독'과 '좋아요' 눌러주세요~!

처음입니다만

"자야 해, 자자."

한 마리, 두 마리… 다섯 마리… 서른 마리…. 양은 그렇게 차곡히 쌓여만 가는데 이놈의 잠은 왜 자꾸만 더 멀리 도망가는 것인지. 보통 잠이 오지 않는 날에는 낮잠을 많이 잤거나 아니면 다음 날을 향한 설렘으로 가득 찼거나 둘 중 하난데, 안타깝게도 오늘은 이것도 저것도 아니다. 미래에 대한 불안 때문이랄까.

내일이면 수영 강사로 처음 일을 시작한다. 처음, '첫'이라는 글자에는 설렘과 동시에 불안이 담겨 있다. 첫 출근, 첫 날, 첫 장, 첫사랑, 첫 키스. 밤잠을 설치게 하는 단어에는 '처음'이 붙는다. 첫 출근의 부담감 탓인지 아니면 오랜만에 떠오른 첫사랑 추억 때문인지. 잠은 오지 않고 생각만 자꾸 많아지는 밤이다.

열일곱의 늦여름 밤, 나보다 두 살 많은 여자 친구, 그리고 그녀의 집 앞 놀이터. 흔하고 뻔한 상황에서 나는 그렇게 첫 키스를 했다. 집에 돌아오며 이런 생각을 했다. 이게 어른의 맛인가? 가슴이 벌렁거려 도통 잠을 잘 수 없었다. 다음 날 평소처럼 학교에 갔는데 매일 보던 친구들이 어쩐지 다들 한참 어리게 느껴졌다. 흐흐, 첫 키스라니. 아마 쟤들 중 내가 제일 처음 경험했을 거야. 왠지 우쭐했다. 그러면서도 한 편으로는 마음이 편하지 않았다. 이상했다.

시간은 어느덧 자정을 훨씬 넘겼다. 여전히 잠은 오지 않고 잡념으로 가득 찼다. 생각이 또 꼬리에 꼬리를 물다 이제는 심해로 들어간다. 그 끝에는 얼굴도 모르는 회원들이 있었다. 비아냥거리는 사람, 처음이라 무시하는 사람, 통제되지 않는 상황을 상상하자 정신은 더욱더 또렷해졌다. 경험해보지 못한 일을 앞두고 이렇게나 긴장하다니, 나는 스스로 제법 무딘 사람이라고 생각했는데 아니었나 보다.

그렇게 나는 내일의 걱정을 빌려 오늘을 좀먹고 있었다.

뭐 좋은 거라고 당겨쓰는지. 걱정한다고 해서 문제가 해결되는 것도 아닌데 말이다. 결국 해가 뜨는 것을 보고야 말았다.

'젠장, 안 되겠어. 일단 나가자.'

강습 시간까지는 한참 남았지만 일찍 출근해 음파 음파, 물살을 가르다 보니 긴장이 조금 풀렸다. 내가 무엇 때문에 잠도 못 잘 정도로 긴장했었는지 희미해지는 것 같았다. 하지만 강습 시간이 되자 긴장이 다시 내 몸을 흔들어댔다. 처음 보는 수십 명의 사람들. 나를 향한 낯선 성인들의 눈빛을 받으며 한 분 한 분 마주보며 인사했다. 이제 무슨 말을 해야 할까. 쏟아지는 시선에 정신이 멍해졌다. 이러면 안돼! 초보 강사인 걸 들키면 안 돼!

겁 많은 강아지일수록 더 크게 짖는다고 했던가. 나는 겁먹었다는 걸 티 내지 않기 위해 목소리를 높였다. 그렇게 첫수업이 끝났다. 샤워실로 향하며 회원들끼리 수군거리는 모습이 마치 내 흉을 보는 것 같아 신경 쓰였지만 모른 척 뒤돌아 나왔다. 집에 돌아와 쓰러지듯 침대에 누웠다. 불안한 하루를 겨우 보냈다. 여전히 몸 어딘가에 긴장이 남아 있는 것만 같았다. 불현듯 첫 키스를 했던 그날이 다시 떠올랐다.

나는 서투름을 숨기고 싶었다. 능숙해 보이려 눈을 질끈 감고 과도하게 입술을 들이밀었다. 아차, 내 입술의 도착지는 그녀의 코끝이었다. 민망함에 얼굴은 새빨개졌고 잠깐의 침묵이 마치 천 년처럼 느껴졌다. 다음 날 심호흡을 하고 그녀에게 고해성사를 했다.

"나, 실은… 처음이었어."

우물쭈물 고백한 내 진실에 그녀는 부드럽게 미소지으며 내 머리를 쓰다듬었다. 그녀의 손이 따뜻해서였을까? 신기하게도 마음이 편해졌다. 그녀와 내가, 한 발짝 더 가까워진 밤이었다.

다음 날, 강습을 시작하기 전 회원들 앞에 섰다. 깊게 숨을 들이마시고 내쉰 다음 천천히 말을 꺼냈다.

"사실 저는 강사 일이 처음입니다. 음, 그러니까. 여러분이제 첫 강습생이죠. 그래서 실수도 있을 것이고 강습 내용도 많이 부족하겠지만 열심히 노력할 테니 지켜봐주세요. 잘 부탁드립니다."

조금 떨리는 목소리로 인사를 마쳤다. 회원들은 박수와 환호를 보내며 햇병아리 강사의 첫 출발을 기꺼이 응원해주었다. 너무 솔직했나 싶어 쑥스러운 기분이 들었으나 도리어 마음은 편해졌다.

불안한 상태는 티가 나게 마련이다. 억지로 숨긴다고 숨겨질까? 불안을 피하고 경계하면 쉬운 길도 돌아가게 될지 모른다. 불안을 당당히 마주보자. 나 자신을 있는 그대로 받아들이고 이해해보자. 그것이 삶을 더 편하게 만드는 지름길인지도 모른다.

사람들은 너한테 열라 관심 많아

"네가 전신 수영복을 입든 손바닥만 한 삼각 빤스를 입든 사람들은 너한테 관심 1도 없을걸."

친구에게 비수를 꽂았다. 수영장에 다니고 싶다고 해서 시간도 알아봐주고 수영 용품도 뭘 사야할지 잘 모르겠다기에 수영복이며 수모, 수경까지 종류별로 알려줬더니만. 웬걸? 남들에게 몸매를 보여주는 게 도저히 부끄러워서 안 되겠다며 헬스장에 다니며 우선 살 좀 빼고 수영장에 오겠단다. 그렇게 며칠 헬스장에 가더니 남들이 자기 몸을 쳐다보고 비웃는 것 같아 유튜브로 홈트레이닝 좀 하고 헬스장에 가겠단다. 이게 뭔 소린지.

비슷한 패턴으로 이 핑계 저 핑계 대던 친구는 벌써 1년

째 수영장에 등록하지 않았다. 이봐요, 네 몸에 아무도 관심 없다니까 그러네.

진짜다. 수영장에서 일하며 재차 확인한 바지만, 실제로 사람들은 타인에게 별로 관심이 없다. 수영을 처음 배우는 사람이야 처음에 좀 낯설고 어색할 수는 있어도.

아무도 신경 쓰지 않으니 하고 싶은 건 당당하게 다 해보는 게 좋다고 생각했던 나였다. 물론 불법적이고 비윤리적인 일은 제외하고 말이다. 열 시간 넘게 걸려 레게 머리도 해봤고, 산소통 없이 바다에 들어가는 프리다이빙에도 도전했었다. 그러다 우연히 TV에서 브라질리언 왁싱에 대한 얘기를 듣고 호기심이 생겼다. 기절할 만큼 고통스럽지만 왁싱을 받고 나면 청결함과 상쾌함이 물밀듯 밀려온다니. 어디 보자, 이거 구미가 당기는데? 인터넷으로 후기를 살펴보고 나니 호기심은 어느새 열망으로 바뀌어 있었다. 기회가 오면 해야겠다! 하는 마음에 활시위를 당기는 일이 생겼다. 체육관에서 함께 운동하는 중현이 형이 SNS에 왁싱 후기를 올린 것이다. 나는 바로 형에게 톡을 보냈다.

– 형. 왁싱 안 아파요?

– 아파 죽는 줄 알았어. 근데 진짜. 완전. 상쾌해. 너도 꼭 해봐.

– 네. 형 다음에 한 번 보여주세요. 저도 하게요.

– 보여주긴 뭘 보여줘. 너도 가서 받아. 내 이름 말하면 30% 할인해줄 거야.

드디어 때가 온 것인가. 형의 강력 추천에 지인 할인까지 해준다니, 결심이 섰다. 다음 날 출근해 친한 동료에게 살짝 귀띔했다.

"나 브라질리언 왁싱 할 거야."

"괜찮겠어? 샤워실에서 회원들도 애들도 다 볼 텐데. 금방 소문날걸?"

뭐 어때, 하고 넘겼지만 다시 생각해보니 단순히 하고 말고의 문제가 아닌 것 같았다. 성인 회원들보다 아이들이 문제였다. 아니, 내가 그 아이들의 엄마들까지 가르치고 있는 것이 더 큰 문제였다. 아이들은 대부분 자신이 보고 들은 일을 집에 가서 곧이곧대로, 아니 그 이상으로 상상의 날개를 더해 살까지 붙여 말하는 종족 아니던가? 하루는 수업 도중 아이들이 여자 친구 있냐고 묻기에 '응, 선생님 여자 친구 있어요.'라고 대답했을 뿐인데 다음 날 아침, 학부모들 사이에서 난 유부남이 되어 있었다. 이렇게 하룻밤 사이에 여자 친구가 아내로 바뀌고 미혼인 내가 유부남이 되는데. 하물며 샤워실에서 왁싱한 내 모습을 아이들이 본다면 어떨까? 으악, 다음 날 어떤 소문이 퍼질지 상상이 가지 않는다. 브라질에서 온 강사라고 소문이 나는 건 아닐까? 아니지, 더 나아가 아이들의 정서에 좋지 않고 남사스럽다는 민원이 빗발쳐 징계를 받을지도 모르겠다는 생각까지 들었다. 의식의 흐름이 극단에 치닫자 왁싱 숍에 전화할 엄두가 나지 않았다. 그저 왁싱을 하면 얼마나 상쾌할지 혼자 상상하며 의미 없는 시간을 보냈다.

그렇게 몇 달이 지나 왁싱에 대한 생각이 잊혀져 갈 즈음이었다. 저녁 강습을 마치고 샤워장에 들어갔는데 오 이런, 내 앞에 진짜가 나타났다. 브라질리언 왁싱을 한 그의 당당한 모습에 샤워장에는 긴장감마저 맴도는 듯했다. 사람들은 밋밋하면서도 묘한 자태를 뽐내는 그의 사타구니를 쳐다보곤 끼리끼리 수군거렸다. 사실 나도 수영장에서, 아니

실제로 보는 건 처음이라 보면 안 되는데, 안 되는데 하면서도 시선이 계속 그쪽으로(?) 갔다. 많은 사람들의 시선에도 아랑곳하지 않고 그는 샤워실 한가운데서 당당히 샤워를 시작했다. 보고 싶으면 얼마든지 보라는 듯이. 그런 와싱남의 쿨내에 이끌린 나는 그의 샤워부스 옆으로 가 조심스레 말을 걸었다.

"왁싱 하셨네요. 어디서 하셨어요?"
"아, 여자 친구가 왁싱숍을 해서 그 친구가 해줬어요."
"여자 친구가 해줬구나. 부럽네요."

다음 날 샤워실에서 그와 마주쳤다. 가볍게 인사를 하고는 오늘도 이끌리듯 그의 옆자리에 섰다.

"근데 왁싱 아프지 않으셨어요?"
"처음엔 아픈데 계속 받으면 괜찮아요."

한 번도 안 받아본 사람은 있어도 한 번만 받는 사람은 없다더니, 진짠가 보네.

그다음 날에도 만난 왁싱남. 자연스럽게 그의 옆으로 가려는데 그가 갑자기 구석진 부스로 이동했다. 나는 그를 따라가 물었다.

"몇 달에 한 번 하는 건가요? 관리는 어떻게 하세요?"
"…선생님, 저에게 관심이 참 많으시네요?"

생각해보니 벌써 3일째 그의 사타구니에 관심을 주고 있다. 그렇다. 때때로 사람들은 타인에게 지대한 관심을 갖기도 한다.

친구에게 전화를 걸었다.

"야, 너 말이 맞다. 살 빼고 헬스장 가라."

…을 피하는 방법

'후, 지금까지 잘 피해 왔는데 이번에도 피할 수 있을까?'

누군가가 태양을 피하는 방법을 노래했다면 내게도 꼭 피하고 싶은 존재가 있다. 이 녀석은 내 인생에 중요한 순간이 닥칠 때마다 불쑥불쑥 존재감을 드러내곤 했다. 이 녀석을 처음 마주한 것은 초등학교 3학년 때다. 알파벳이라고? 그림인지 글자인지도 알 수 없는 요상함이란. 게다가 발음까지 이상해서 도통 정이 가지 않았다. 나는 결국 수업 시간 내내 친구들과 떠들기 바빴다. 그렇다. 이 녀석은 바로 '영어'다.

그렇게 알파벳도 제대로 알지 못한 상태로 고학년이 되어, 첫 영어 시험을 보았다. 나는 시험에서 무려 '4점'이라는 어마어마한 점수를 받았다. 그냥 찍는 것보다 못한 점수였다. 성적표를 받아 든 어머니는 충격에 휩싸여 옷을 다리던 다리미로 나를 다리고 싶어 하셨지만 용케 참고 영어 과외 선생님을 구해주셨다.

과외를 하며 조금씩 나아지긴 했지만, A로 시작하는 단어는 사과, B로 시작하는 건 곰, C는 고양이. 아, 오늘 공부 너무 많이 했다. 영어와 너무 가까워진 것 같아. 나의 '거리 두기'는 그때부터였던 것 같다. 이러다 보니 내 영어 실력은 딱 거기에서 멈춰버렸다. 그사이 영어를 써야 하는 순간이 간간이 찾아오긴 했지만 요리조리 잘 피했다. 하지만 녀석은 스토커처럼 내 뒤를 졸졸 따라다녔고, 잊을 만하면 불쑥 나타났다.

한동안 잊혔던 녀석은 첫 해외여행을 앞두고 다시 나의 발목을 잡았다. 네팔 여행을 준비하던 내게 청천벽력 같은 소리가 들렸다. 입국 시 인터뷰에 제대로 답하지 못하면 네팔 땅을 밟아보지도 못할 거라는 정보였다. 갑자기 불안해졌다. 에베레스트 가야 하는데. 회화학원에 다녀야 할까 생각해봤다. 하지만 한 달 배운다고 영어가 마법처럼 능숙해지는 것도 아닐 테고, 회화학원에서 네팔 입국 맞춤 수업을 해주는 것도 아닐 텐데 싶어 선뜻 등록하지 못했다. 고민 끝에 나는 〈프렌즈 인도 네팔 가이드〉라는 노란색 책을 샀다. 앞 부분 다섯 페이지 정도에 여행 관련 회화가 실려 있었기 때문이다. 나는 마치 기출문제라도 만난 듯 예문을 달달 외우기 시작했다. 그렇게 모범답안을 장전하고 비행기에 오르니 번뇌가 사라졌다. 그래, 이 정도면 입국 인터뷰쯤은 하이패스 통과지.

자신감을 듬뿍 머금고 네팔 공항에 도착했다. 낯선 공기, 습도, 고도, 언어가 피부를 타고 고막을 지나 폐부를 짓누르는 듯했다. 어색한 환경에 두둑했던 자신감은 냉탕에 들어간 고환처럼 쪼그라들었다. 초조해지는 마음을 달래려고 예상 답안을 읊조리며 출입국 심사대 앞에 섰다. 무표정한 심사관과 눈이 마주쳤다. 갑을 관계에 놓인 건물주와 세입자처럼 굽신한 미소를 지어 보였다. 그는 나를 위아래로 훑어보고는 여권에 도장을 찍어주었다. 어? 왜 아무것도 묻지 않지? 다행이다. 안도의 한숨을 내쉬며 여권을 받으려는 순간, 그가 물었다.

"Are you good at climbing mountains?"

"마운틴?"

기출문제에 있던 질문이 아니었다. 마운틴? 그래, 나 산 좋아해 땡큐지. 잠시 생각하다 양손을 공손히 모아 한마디만 남기고 빠져나갔다. "나마스떼."

트래킹을 마치고 한국으로 돌아가면 영어 공부를 꼭 해야겠다고 생각했다. 아주 잠시. 하지만 고국 땅을 밟는 순간 영어에 대한 마음은 기억 저편으로 사라졌다. 여행할 때 빼고는 딱히 영어를 쓸 일도 없고, 한글 맞춤법도 곧잘 틀리는데 그냥 우리말이나 잘하자, 하면서.

하지만 이런 생각과 다르게 놈이 또 시비를 걸어왔다.

전부터 가고 싶었던 대학원에 갈 준비를 본격적으로 해보려고 원서를 넣었다. 그리고 그 대학원에 다니는 동네 형에게 조언을 구하려고 만났다가 뜻밖의 이야기를 들었다.

"너 영어 면접은 자신 있어?"
"웅? 영어 면접이라뇨?"

"우리 학교 영어 면접 있는 거 몰랐어?"

젠장, 영어라는 놈이 또다시 내게 시비를 걸어왔다. 영어 면접이라니, 몰랐지. 그런 게 있는 줄 알았다면 원서를 넣지도 않았지. 애초에 마음먹지도 않았을 테니까. 그렇게 또 글리쉬 녀석은 내게 주먹질을 해댔다. 왜 한국에 살면서 영어 면접을 봐. 아쒸. 한글로 면접 봐도 어려운데. 얼굴도 본 적 없는 대학원 관계자에게 마음속으로 항변했다. 영어 면접이 있다는 소리를 들은 순간, 떨어지겠다는 생각이 들었다. 하지만 지원비가 아깝기도 하고 떨어질 때 떨어지더라도 경험 삼아서 한번 해보자 싶어 준비해보기로 했다. 자기소개, 학업 계획, 진학 이유 같은 예상 질문들을 파악하고 통역학과 출신 친구에게 문자를 보냈다.

– 내가 보낸 내용 영어로 번역 좀 해주라. 녹음도 부탁해. 한글로 발음도 써주면 더 좋고.

그렇게 나는 친구가 보내준 내용을 달달 외우기 시작했다. 그러고는 매일 밤 친구 목소리를 자장가 삼아 잠들었다.

"마이 네임 이즈 해범 리 아이 커런틀리 워크 애즈…"

"웰페얼 퍼실리티 콜드 정립회관…"

"하우 스트레스 언드 익스펙트 이펙트 리턴즈 언드 데일리 라이프."

결전의 날, 다섯 명의 면접관 앞에 앉았다. 면접은 생각보다 편한 분위기로 이루어졌고 순조롭게 진행되었다. 영어가 잽jab을 날리기 전까지.

세 번째 자리에 앉아 있는 면접관 입에서 '이제 영어 면접을 시작하겠습니다.' 같은 예고도 없이 다짜고짜 영어가 쏟아져 나왔다.

"From now on, we will start the English interview. Please introduce yourself."

올 것이 왔다. 한 면접관이 나를 향해 말했다. 내 소개를 하라고? 진짜로 자기소개를 하라는 것인지 학업 계획을 얘기하라는 것인지 도통 모르겠다. 어떤 것부터 말해야 하는지 전혀 알 수 없었기에 나는 내 갈 길을 갔다.

"마이 네임 이즈 해범 리 아이 커런틀리 워크 애즈 스위밍 인스트럭터 웰페얼 퍼실리티 콜드 정립회관 하우 스트레스 언드 익스펙트 이펙트 리턴즈 언드 데일리 라이프."

나는 친구가 녹음해준 그대로 외웠던 문장을 토씨 하나 틀리지 않고 읊었다.

"…오. 오케이."

면접관들은 묻지도 따지지도 않은 질문에 답하는 나를 말리지 않았다. 그렇게 면접을 마치고 물 먹은 솜마냥 터벅터벅 걸어 나오며 생각했다. 잉글리쉬야, 이제 나 좀 그만 따라다니면 안 되겠니? 내 주먹맛 좀 볼래? 그래, 계속 덤벼봐라. 다음에는 더킹과 위빙을 적절히 섞어가며 더 멋지게 피해주겠어!

아끼다 똥 된다

내겐 정말 아끼는 바바리 코트가 있다. 아니 있었다.

진부하게 들릴지 몰라도 군대 시절 일이다. 해군 병장으로 복무 중일 때였다. 전역을 앞두고 별다른 일 없이 시간을 축내며 패션 잡지를 보다 길고 잘생긴 외국 모델이 입고 있는 바바리를 보았다. '어머, 이건 꼭 사야 해!' 나는 첫눈에 반해버렸다. 그런데 시선을 옮겨 사진 아래 작게 쓰여 있는 가격을 확인한 순간 헛웃음이 먼저 터졌다.

'내 군 생활 월급 다 합쳐도 못 사겠네.'

하지만 갖고 싶은 마음이 현실감각을 이겼다. 민간인 복귀를 축하하며 나에게 옷 한 벌 선물하는 것 정도는 괜찮잖아?

정말이지 가지고 싶은 마음에 잡지 페이지를 고이 접어 보관했다.

그렇게 끝날 것 같지 않던 군 생활이 끝나고 드디어, 바바리를 사기 위한 나만의 전쟁이 시작됐다. 새벽엔 인력 시장에 나가 오전 내내 삽질을 하고 돌무더기를 옮기고, 저녁이면 술집에서 서빙 아르바이트를 했다. 간간이 단기 알바도 했다. 혹시 생동성生同性 시험이라고 들어는 봤는지. 지하철을 타고 오가며 본 신약 테스트 모집 공고가 솔깃했다. 조금 겁도 나고 꺼려지기도 했지만 잡지 쪼가리를 꺼내 보며 뭐 얼마나 부작용이 있겠나 싶어 전화를 걸었다. 다행히 이상 반응은 나타나지 않았다. 그러고도 돈이 모자라 엄마에게 손을 벌렸다. 현금을 확보하고 두근거리는 마음으로 매장에 갔다. 나는 곧장 다른 옷에는 눈길도 주지 않고 바바리 앞으로 직진했다.

'오, 마이 프레셔스.'

반지의 제왕에 나오는 골룸이 처음 절대 반지를 봤을 때 이런 느낌이었을까. 아름다운 실루엣에 부드러운 질감. 걸치기만 해도 영국 귀족이 될 것 같은 느낌적인 느낌!

더 이상 고민할 것도 없지. 일시불이요!

집에 와서 조심스럽게 꺼내어 또 입어 봤더니 역시나, 멋있어. 고급스러운 영롱함을 발산하는 옷 덕분인지 내 얼굴까지 빛나는 것 같았다. 사랑에 빠진 것처럼 바라보기만 해도 기분이 좋았다. 그래 오늘부터 우리 1일이야. 앞으로 널 소중히 다뤄줄게. 상처가 날 수도 있으니 사람 많은 자리는 피할 거고, 술 먹고 실수할 수도 있으니 술자리엔 안 데려갈게. 그렇게 말하며 옷장에 바바리를 고이고이 모셔두었다.

이런저런 규칙을 정하자 웬만한 자리가 아니면 바바리를 입을 수가 없었다. 어쩌다 입고 나가는 날이면 작은 생채기라도 생길까 한껏 조신하게 몸을 움츠리고 돌아다녔다. 오죽하면 어깨가 아플 지경이었다.

그렇게 바바리를 입는 날은 1년 중 손에 꼽을 정도로 적었다. 도리어 옷장이라는 왕좌에 모셔둔 날이 더 많았다. 그러다 드디어 마이 프레셔스를 꺼낼 날이 찾아왔다! 2년 만에 나가는 동창회라니. 동창회에 가는 길에도 최대한 사람들과 부대끼지 않게 조심해야 했으니 쉽지만은 않은 여정이었다. 친구들과 인사를 나누고 자리에 앉으려는데, 한 녀석이 나를 보자마자 말했다.

"오, 버버뤄 잖아?"

흐뭇. 뿌듯함에 승모근이 잔뜩 올라갔다.

"야 근데 여기 뭐냐? 옷에 뭘 이렇게 묻히고 다녀."

친구가 가리킨 손끝을 급히 따라가 보니 소매 끝에 뭔가가 묻어 있었다. 거뭇한 이것은 뭐지? 오 마이 갓. 곰팡이였다. 그렇게 조심했건만, 곰팡이라니! 차라리 내 몸에 피어났다면 이렇게 마음이 아프지는 않았을 텐데. 세탁소에 맡기면 없앨 수 있으려나. 다 내 탓이다. 짜증이 스멀스멀 피어오른다. 옷에 핀 곰팡이처럼. 소주를 글라스에 따라 마시며 계속해 올라오는 짜증을 짓눌렀다. 그날의 기억은 거기까지.

다음 날, 거실에서 들려오는 분주한 소음 때문에 잠에서 깼다. 어제 얼마나 마신 건지 기억이 나지 않았다. 물을 마시려고 일어섰다. 순간 바닥에 널브러진 무언가가 보였다. 저 지저분한 것은 대체 뭐지? 설마, 저건 나의 프레셔스가 아닌가? 어젯밤 강남역 길바닥은 내가 다 청소한 건지 온통 흙먼지로 새카매져 있었다. 머리가 지끈, 아파온다. 숙취 때문만은 아닐 것이다. 물 한 통을 단숨에 마시고 나니 조금 정신이 든다. 거실에서 엄마가 수납장을 정리하는 것이 보인다.

"엄마, 뭐 정리해요?"
"너는 술을 얼마나 먹은 거야!"
"많이요. 근데 갑자기 웬 정리를 하세요?"
"아니, 이건 10년 전에 이모가 선물한 스웨덴 접시고, 이건 독일에서 사 가지고 온 좋은 칼이라는데 다 녹슬어서 어쩌니. 너 장가갈 때 주려고 했는데, 다 소용없어졌네."
"아끼다 똥 됐네."

이런 걸 모전자전이라고 하나, 엄마나 나나 똑같다.

"정리하니까 힘드네. 커피 좀 사다 줄래?"

고개를 끄덕이고 옷을 입으려는데 바바리가 눈에 들어왔다. 그래 아끼다 똥 된 너. 너도 캄캄한 옷장보다 밖에서 햇빛 받고 바람 쐬는 게 더 좋겠지?

나는 먼지를 팡팡 털고 옷을 걸치곤 커피를 사러 집을 나섰다.

자, 칼을 뽑았으니

나는 어릴 적부터 끈기가 부족했다. 꾸준함이 없다고 해야 할지, 싫증을 금방 느낀다고 해야 할지. 어찌 되었건 끝까지 무언가를 제대로 해본 적이 없었다. 대학교는 2학년까지 꾸역꾸역 다니다 더 좋은 대학에 가겠다며 그만뒀다. 이후 열정적으로 시작한 재수 생활도 마찬가지였다. 일이 년쯤 의욕만 펄펄 끓다 금세 식어버려 포기했다. 어정쩡하게 공부를 포기해서였을까. 주위 어른들은 종종 내게 말했다.

"기술이라도 배워. 그래야 먹고는 살지."

듣기 싫지만, 옳으신 말씀. 그래서 기술을 배우기 위해 직업 학교를 찾았다. 하지만 여기서도 1년을 버티지 못했다.

칼을 뽑았으면 무라도 썰어야 하는데, 어떻게 휘둘러야 할지 갈피도 못 잡는 주인 때문에 칼은 늘 금방 칼집으로 도로 들어가야만 했다. 어쩌면 내게 있어 완주는, 결국 하나뿐인 것은 아닐까 싶어 씁쓸한 마음까지 들었다. 태어나 죽음을 향해 가는 '인생의 완주' 말이다.

그래도 돈은 벌어야 했기에 수영 강사 일을 찾았다. 마침 수영장에서 급하게 강사를 구하는 중이어서 딱히 면접이라 할 것도 없었다. 나는 면접 바로 다음 날부터 수업에 투입되었다. 금세 일을 구한 것은 다행이지만 수영장 생활에 잘 적응하지 못했다. 아니, 하기 싫었다. 빈말은 하지 못하고 해야할 말은 해야만 하는 성격 탓에 사람들과의 마찰도 잦았다. 하지만 그보다 놀고먹는 습관이 몸에 배어 있던 터였기에 그냥 하기 싫었던 것이 더 컸다.

5일째 되는 날, 도저히 안 되겠다 싶어 그만두기로 마음먹었다. 하지만 명분이 없었다. 이사를 간다고 하기에는 우리 집이 수영장과 너무나 가깝다. 가족이 아프다고 말하기엔 왜인지 마음에 걸렸다. 괜한 윤리 의식이 발동해서는 발목을 잡았다. 우선은 그럴싸한 이유를 찾을 때까지 조금만 더 고민해봐야지. 그렇게 고민이 계속되는 동안 다행인지 불행인지 다양한 반을 강습하며 수영장 분위기에 익숙해졌다. 어느 날 초급반 강습을 끝내고 물에서 나오자 한 회원이 다가와 말했다.

"강사님, 수영하다 중간에 쉬어가면 안 돼요?"

"네, 안 돼요."

"정말 너무 힘들어서 그래요."

"회원님은 충분히 끝까지 가실 수 있어요."

"그래도 너무 힘들어 죽겠단 말이에요."

"저도 알아요, 힘든 거. 그래도 출발했으면 끝까지 가야 해요. 그러다 보면 자신도 모르게 실력이 늘어나 있을 거예요. 자, 파이팅."

"네…."

시무룩해진 회원은, 입술을 삐죽 내밀곤 터벅터벅 샤워실로 향했다. 중도 포기의 아이콘인 내가 이런 말을 하다니. 말하면서도 뜨끔했다. 그래도 어쩌겠어. 넌 학생이고 난 선생이야! 이건 아닌 것 같은데, 내가 조금은 정말 변해서일까?

생각해보면 이전엔 놀고먹는 것에 익숙해져 일하기가 싫

었다. 일을 시작한 다음엔 회원들이 나에게 계속 수영 동작을 보여달라고 하는 것조차 마치 내 수영 실력을 테스트하려는 것처럼 느껴져 벅차고 부담스러웠다. 그래서 몇 번이나 이 일을 그만두려고 했었는데, 시간 앞에 장사 없다고 했던가? 이젠 회원들의 짓궂은 질문과 행동에도 능숙하게 대처할 수 있다. 그렇게 수영장에서의 생활은 내게 일상이 되었다.

여전히 의욕만 앞서 왜 시작했을까 후회하는 일도 있다. 하지만 시작했으면 내가 할 수 있는 데까지는 해보려 한다. 출발하면 레인이 끝날 때까지 멈추지 않고 헤엄치는 수영 같은 인생을 살고 싶어서.

누구에게나 초보 시절이 있다

선거 캠프에서 일했던 적이 있다. 직무는 후보자를 보조하는 수행비서. 하지만 말만 그럴듯하게 수행비서일 뿐 주업무는 운전이었다. 항상 시간에 쫓기는 일. 선거를 앞두고 '시간은 곧 표'라는 공식은 곧 법이었다. 그래서 운전할 때에도 안전보다는 속도가 먼저였다. 그뿐일까. 회의는 왜 이리 갑자기 또 많이 열리는지. 한번은 퇴근하는 차들로 붐비는 시간에 뚝도시장에서 여의도까지 30분 안에 도착해야한단다. 네비를 찍어 보니 교통 상황상 한 시간도 넘게 걸린다고 나왔다.

"그렇게 빨리는 못 가는…."

나도 모르게 튀어나온 말에 보좌관이 소리 없이 따끔한 눈총을 보냈다. 그럼 어쩌겠나, 나는 또 군소리 없이 가는 거지.

그렇게 6개월을 버티다 보니 나는 시장, 골목길, 샛길, 비탈길도 가리지 않는 주차의 신이 되었다. 리듬을 타듯 차선을 넘나들며 서울 어느 곳에서 어디를 가든 30분 안에 도착할 수 있게 된 것은 물론이고.

뜻한 건 아니었지만, 혹독한 운전 훈련을 거쳐 나름대로 지금은 운전 좀 한다는 소리를 듣는다.

그러던 어느 날이었다. 아파트 지하 주차장에 들어섰는데, 차 한 대가 내 앞을 가로막는 게 아닌가? 흰색 세단이 비상 깜빡이를 켜고는 떡 하니 서 있다. 움직일 기미가 보이지 않았다. 뭐야, 이 넓은 주차장에서 왜 하필? 가볍게 경적을 울리자 그제야 천천히 움직인다. 운전자는 흰색 페인트로 그려진 선 안에 주차하기 위해 후진과 전진을 반복했다. 얼굴을 보지 않아도 주차에 몰두했다는 것이 느껴졌다. 이윽고 창밖으로 내민 그의 얼굴에 '미안합니다'라는 글씨가 커다랗게 떠올랐다. 예전의 내 모습이 생각났다.

누구나 그렇듯 나에게도 '초보 운전'을 하던 때가 있다. 운전면허 시험을 무려 네 번이나 떨어진 이력이 있는 나는

'상습탈락범'이다. 다섯 번 만에야 아슬아슬하게 1점 차이로 겨우 합격한 나에게 시험감독관이 말했다.

"꼭 연수 받고 운전하세요."

면허증을 받자마자 사촌 형에게 연수를 부탁했다. 운전병 출신인 형이 정한 첫 코스는 북악 스카이웨이. 드라이브로 유명한 길인 데다가 첫 운전이라 그런지 기분이 들떴다. 한 치 앞으로 다가온 내 운명도 모르고.

설레는 마음은 도로에 나가자 산산이 조각났다. 차에 탄 순간부터 도로 위는 전쟁터라는 것을 깨달았다. 총알처럼 끼어드는 택시들, 대포처럼 여기저기서 울리는 자동차 경적. 등골은 땀으로 가득해서 시트까지 축축해졌다. 하지만 진짜 문제는 북악산에 들어서면서 시작되었다. 차선이 2차선에서 1차선으로 줄어든 것이다. 속도를 낼까 하면 등장하는 과속 방지 턱과 비탈길이 내 앞길을 막았다. 그래서 규정 속도에 한참 모자란 속력으로 기어가니 뒤에서 오던 차들이 빵빵대며 항의했다. 얼굴이 붉게 달아오르고 혼이 쏙 빠졌다. 형이 말했다.

"처음엔 다 그런 거야. 페달을 세게 밟지 말고 살살 달래듯이 해봐. 급할 것 없어. 답답하면 알아서 피해 가니까 넌 운전에만 신경 써."

형은 마치 나를 위로하기 위해 미리 준비한 것 같은 명언을 뱉었다. 하지만 긴장은 전혀 풀리지 않았다. 아니 이 사람아, 스키 처음 타는 사람을 최상급자 코스에서 밀어버리면 어쩌자는 말이야. 내가 무슨 사자 새끼야 뭐야…, 라고 생각하며 시속 40킬로를 유지한 채 집으로 향했다. 정신을 차리고 보니 손에 땀이 나 핸들이 한껏 축축해져 있었다. 그날 북악산 차량 정체는 40구 7207이 원인이었다는 것은 차마 말하고 싶지 않다.

그때를 생각하니 나도 모르게 피식 웃음이 새어 나왔다. 그래 처음엔 다 그런 거지 뭐. 나는 내 차가 그 사람에게 부담으로 느껴질 것 같아 천천히 후진했다. 그러고는 다른 곳에 주차하고 내리며 생각했다.

'아! 그래도 와이퍼는 ㄲ라고 말해줄 걸 그랬나?'

이유 없는 반항 없지

"저는 신경 쓰지 마세요."

수영 강사 일을 하다 보면 여느 때보다도 부담감이 두 배쯤 늘어나는 날이 있다. 달이 바뀌면서 신규 회원이 들어오는 날이다. 성인반은 그렇다 쳐도 어린이 신규반은 많은 아이가 새로 들어오기 때문에 더더욱 긴장된다. 그날따라 유독 한 아이가 눈에 띄었다. 개구리 왕눈이에 나오는 '투투'를 연상시키는 아이. 녀석은 또래 아이들보다 몸집도 두 배나 컸다. 첫 수업인 만큼 물에 적응하는 것이 먼저. 아이들을 한 명씩 물속으로 들어오게 했다. 그런데 우리 투투는 요지부동이다. 들어오라고 했건만 쳐다보지도 않는다. 다가가 팔을 잡자 내 손을 '툭' 치며 말했다.

"엄마랑 오늘 하루만 하기로 약속했어요."

"응?"

"그러니까 신경 쓰지 마세요."

투투의 신박한 반응에 꿀밤이라도 한 대 먹일까 하다가 피식 웃고 말았다. 수영을 배우기 싫다는 저 아이를 수영장에 끌고 온 건 분명 아이의 엄마일 테니까.

이제부터는 오로지 내 몫이겠지. 솔직히 나도 피하고 싶은 상황이다. 하기 싫다는 아이를 억지로 가르치는 것은 피차 곤욕이니. 그냥 끌고 들어갈까? 아니면 물 밖에 일단 앉혀 둘까? 아, 유리 벽 너머로 부모님들의 시선이 느껴진다. 레이저 포인터의 빨간 점이 온몸에 도배된 것 같은 기분. 둘 중 어떤 선택지를 택하든, 투투는 내일도 나올 것이다.

"투투… 아니 태민아, 수영하기 싫어?"

"네."

"태민이는 왜 수영하기가 싫을까?"

"몰라요."

"선생님이 말하는데 그렇게 대답할 거야?"

"네."

"… 그래 알겠다."

다른 아이들은 물 만난 고기떼처럼 들떠 있었다. 아이들을 통제하느라 첫 수업은 정신없이 흘러갔다. 수업이 끝난 후, 아이들을 탈의실로 보낸 뒤 태민이만 따로 불러 말했다.

"태민아, 물이 무섭니?"
"…."
"선생님이 물 안 무섭게 해줄게."
"괜찮아요. 내일 안 올 거니까."

'그래, 억지로는 못 하지'

다음 날, 녹색 래시가드를 입고 투덜투덜거리며 샤워실에서 걸어 나오는 아이가 보였다. 다른 아이들은 벌써 물에 익숙해졌는지 곧잘 수업을 따라왔는데, 여전히 우리 투투는 자리에 앉아 들어올 생각도 하지 않는다. 팔을 잡자 또 툭, 쳐냈다. 내 이마에 작은 힘줄 하나가 돋아나는 게 느껴졌다.

"태민아, 오늘은 들어가야지."

"싫은데요."

"친구들 다 재미있게 노는데 태민이도 한번 물에 들어가 보자."

"싫다니까요."

순간, 이마의 작은 힘줄이 터졌다.

"김태미-인!"

마음 같아서는 물속으로 확 던지고 싶다. 하지만 그래서 야 쓰나.

"그래, 정 그러면 들어오지 마. 앉아 있어."

그날 투투를 풀 사이드에 앉혀 놓고 다른 아이들을 물속 에서 더 신나게 놀게 했다. 그렇게 어린이반 수업 이후로 연 달아 두 시간을 더 수업하고 나서야 사무실로 돌아왔다. 책 상 위에 붙어 있는 포스트잇 하나가 눈에 들어왔다.

- 태민이 엄마에게 연락 바랍니다.

올 것이 왔군. 침착해, 호흡을 가다듬자. 빡친다고 물에 안 던지길 잘했어. 태민이 어머니에게 횡설수설하지 않도록 내가 한 말과 태민이의 행동을 글로 썼다. 이 정도면 변명하고 사과할 준비가 되었다. 어린이반에서 이런 일은 빈번하게 일어났으니까.

"안녕하세요, 태민이 어머니. 저 태민이 수영 선생입니다."

"아유, 선생님! 안녕하세요, 저희 애 때문에 고생이 많으십니다."

"아닙니다. 제가 부족해서 그런 걸요."

"태민이가 말을 안 듣죠? 죄송해요. 애가 어렸을 때 계곡에 빠진 적이 있는데, 구조가 늦어지는 바람에 물속에서 한참을 허우적거렸고… 그 뒤로 며칠 병원에 있었거든요. 그때부터 물을 아주 무서워해요. 아무래도 트라우마가 생긴 것 같아요."

"아….'

"아이가 샤워도 못 할 정도로 물을 무서워하니 조금이라도 물을 덜 무서워하기라도 했으면 좋겠다 싶었어요. 한 달만이라도 태민이가 물에 가까워질 수 있게 지도 부탁드려도 될까요? 정말 죄송합니다."

나는 아무 말도 할 수가 없었다. 내 멋대로 어른 말 안 듣는 게으르고 버릇없는 아이라 생각했으니까. 어쩐지 마음에 걸렸다.

생각해보면 나 역시 초등학교 4학년 때까지도 글을 잘 못 읽었다. 그러던 어느 날, 담임 선생님이 아이들을 한 명씩 일으켜 세우고는 국어책을 읽게 했다. 유창하게 교과서를 읽는 아이들 사이에서 나는 한 단어 한 단어를 겨우 떠듬떠듬 읽어나갔다. 다음 장에 가서는 아예 입을 뗄 수조차 없었다. 그렇게 한참을 가만히 서 있었다. 그러자 선생님은 그걸 반항의 신호로 받아들였는지, 나를 수업 시간 내내 세워 두곤 친구들의 구경거리로 만들었다.

그때의 기억이 트라우마로 남은 걸까? 난 아직도 글을 소리내어 매끄럽게 읽지 못한다. 특히 남들이 볼 때면 더욱 증상이 심하다. 내가 그때 그 선생님과 다른 것이 무엇일까? 아이들을 가르치며 비슷한 경우를 몇 번 겪어봤다고, 내 자신의 편협한 경험으로 아이들을 평가하고 단정짓다니. 아이에게 미안했다.

어느덧 퇴근 시간이 다가왔다. 미안한 건 미안한 거고 집에는 가야지.

다음 날, 수업이 끝나고 여전히 수영장 멀찍이 떨어져 있던 투투 앞으로 갔다.

"태민아."

"네."

"오늘은 선생님이랑 물총 싸움할래?"

"…싫어요."

"그래, 그럼 친구들 하는 거 앉아서 보고 있어."

아이들은 수영장에 몸을 담그고 물총을 쏘며 놀고 태민이는 물 밖에 앉아 아이들을 구경했다. 아이들은 태민이에게도 자연스레 물총을 쏘았다. 태민이는 뜻밖의 공격에 이리저리 피하다 결국 제발로 수영장 물에 들어왔다. 가장자리에서 크게 벗어나진 못했지만.

그렇게 천천히, 아이의 마음속에 자리한 두려움이 작아지기를 마음속으로 응원했다.

꼴등 없이 일등 없지

철인 3종 경기는 매력적이다. 수영, 사이클, 마라톤 이렇게 세 종목을 연이어 한다는 것에서부터 마음이 끌렸다. 하지만 '철인'이라는 단어가 멋지게 보여 대회에 나가야지 생각했던 게 더 크다. 일단 수영할 줄 알고 자전거 타는 것도 생활화되어 있었으니 문제없다. 입상은 바라지도 않고 그저 완주만 하고 싶었다.

마침 한 달 뒤 서울에서 대회가 열린다는 소식을 접하고는 바로 준비에 착수했다. 시작은 로드 자전거를 사는 일부터였다. 대회용 자전거는 역시 믿고 살 수 있는 도싸철인이지. 그중에서 더 많이 깎아주면서도 멋있어 보이는 자전거로 거래했다. 그렇게 한 달 동안 열심히 팔을 젓고 페달을 밟고 두 다리로 뛰며 대회를 준비했다. 이러다 입상할지도 모르겠는데? 그런 허무맹랑한 꿈도 꿔봤다.

대회 당일, 새벽부터 인산인해다. 다들 하나같이 떡 벌어진 어깨에, 다부진 허벅지에 표정에서는 자신만만한 여유까지 느껴졌다. 나도 그중 하나라는 사실에 긴장이 되면서도 괜히 뿌듯했다.

꼬르륵–

새벽부터 몸을 움직여서 그런지 배에서 우렁찬 소리가 들려왔다. 식사를 든든히 하고 싶어도 마음대로 먹을 수 없다. 수영 수트를 입으면 용변을 보기가 번거로워 간단한 주전부리로 배를 채우는 것이 최선이다. 그렇게 주린 배를 움켜쥐고 레벨별로 나뉜 그룹에 맞춰 줄을 섰다. 선두 그룹은 대회에 밥 먹듯 나오는 '진짜' 철인들, 중간 그룹은 대회 경험이 있는 철인들, 마지막은 철인 대회에 처음 나온 철인 새싹들이다. 난 자연스럽게 맨 뒤 그룹에 자리했다. 경기가 시작되고 선두 그룹이 물속으로 뛰어드는 것을 보았다. 발로 차고, 밀고, 당기고. 그렇게 살벌하게 물질을 하며 각자의 스타일대로 앞으로 나아간다.

첫 번째 그룹이 헤비메탈이라면 우리 끝 그룹은 클래식 같았다. 천천히 몸에 물을 적시며 고상하고 여유롭게 수영을 시작했다. 하지만 여유는 거기까지. 사이클부터는 그룹이 모두 섞여 퓨전 음악이 되었다. 자동차처럼 질주하는 이들. 앞서가는 자전거를 억지로 쫓아가려 죽어라 페달을 밟았더니 허벅지가 터질 것 같았다. 뱁새가 황새를 따라가다 가랑이 찢어진다고, 나 같은 애송이가 진짜 철인을 따라가려다간 허벅지가 터져버릴 거야. 난 내 깜냥에 맞게 가자. 자전거 속도를 줄였다. 그러자 순식간에 뒤에서 무수히 많은 자전거가 나를 쌩 하고 추월했다. 내심 힘들어서 스스로와 타협한 거지만 몸도 마음도 편해졌다.

'네네, 먼저 가세요. 전 안전 운전하겠습니다.'

자전거 코스 막바지에 다다르자 언덕이 나타났다. 오 마이 갓. 여기서 포기하라는 말인가. 친구나 지인들한테 철인 대회 나간다고 자랑만 안 했어도 여기서 그만둘 텐데. 방정맞은 내 주둥이를 원망하며 젖 먹던 힘까지 짜내어 언덕을 올랐다. 오르막길의 정점을 찍자마자 후련하게 펼쳐지는 내리막길. 그 길을 따라 시원하게 페달을 밟아 마지막 바꿈터에 도착했다. 이제 10킬로만 뛰면 끝이야. 의욕적으로 보폭을 크게, 더 빠르게 달려 나갔다. 하지만 얼마 가지 않아 무리라는 것을 느꼈다. 발에 무거운 모래주머니가 달린 것 같았다. 있지도 않은 모래주머니에 물이 스며든 듯 시간이 지날수록 다리가 더 무거워졌다.

여기까지 와서 포기할 수는 없다. 사람들한테 철인이 될 거라고 얼마나 떠들고 왔는데 완주도 못 하면 얼마나 창피해. 또 한 번 내 허영심이 빛을 냈다. 난 천천히 걸었다. 걷더라도 끝까지 가자. 보폭은 다시 좁아지고 속도는 서서히 줄었다.

반환점을 돌고 다시 골인 지점으로 향할 때쯤 내 뒤에는 아무도 없었다. 꼴찌라 부끄럽지 않았냐고? 전혀. 힘들어 죽겠는데 창피한 생각이 파고들 여유가 어딨을까. 그렇게 가까스로 골인 지점에 도착하니 가슴이 벅차왔다. 아, 눈물 날 것 같아. 엄마 사랑해요. 희열이라는 표현이 맞을지 모르겠지만 괴성을 지르며 통과했다. 누가 보면 일등 한 줄 알겠어. 이미 대회 컷오프 시간은 한참 벗어났지만, 무슨 상관이야! 어쨌든 결국 도착했으면 됐지.

160시간쯤 낭비 중입니다

'SNS는 인생의 낭비다. 그 시간에 차라리 독서를 해라.'

영국의 전설적인 축구 감독 퍼거슨이 말했다. 그래, 맞는 말이지. 뼈를 때리는 말이야. 하지만 나는 오늘도 인생을 낭비하러 중랑천으로 향했다. 오늘의 목표는 10킬로미터 달리기. 더 정확히는 10킬로미터를 45분 안에 돌파하는 것. 아직 한 번도 이루지 못한 기록이다. 손목 발목을 풀며 스트레칭을 하고, 중요한 의식을 치르듯 인스타그램 아이콘을 눌렀다.

나는 오늘도 달린다. 4분 페이스를 유지하겠어.
#러너 #달리기 #운동스타그램 #좋아요 #맞팔

허세 가득한 표정과 함께 글을 올렸다. 게시물에 '좋아요' 가 눌리는 것을 확인하고서야 달리기를 시작했다. 하트는 관심. 그 관심은 나와의 약속을 더욱더 단단하게 만들어준 다. 일종의 동기 부여랄까. SNS는 내 삶에 긍정적인 효과를 주고 있다.

물론 처음부터 SNS에 호의적이진 않았다. 누군가 말했듯 나 또한 SNS를 시간(S) 낭비(N) 서비스(S)라고 생각했었다. 그러던 어느 날, 음식점 메뉴판에서 이런 멘트를 보았다.

- 음식 사진을 찍어 SNS에 올려주시면 음료수 한 캔을 서비스로 드립니다.

음료수 서비스? 공짜란 말에 망설임 없이 SNS에 가입했 다. 그것이 시작이었다. 온라인 세상은 내가 생각했던 것만 큼 무서운 곳이 아니었다. 상대적 박탈감을 주지도, 내 시간 을 크게 빼앗지도 않았다. 오히려 내가 알지 못했던 사회적 이슈나 정보를 얻기도 했다. 뿐만 아니라 상사에게 꾸지람 을 듣고 한참 울적하다가도 웃긴 글을 보면 기분이 한결 나 아졌고, 누군가의 말에 상처를 받았다가도 솜사탕 같이 몽 글몽글한 강아지 영상을 보면서 마음을 치유하곤 했다.

한 사람이 한 달에 SNS를 하는 시간이 보통 160시간쯤 된다던데. 그 시간에 자기 계발에 힘쓰라 말하는 사람도 있다. 하지만 분명한 건, 나는 SNS를 안 했더라도 자기 계발은커녕 집에서 잠이나 자면서 뜨뜻미지근하게 시간을 보냈을 테지.

얼마 전, 침대에 누워 인스타그램을 쭉쭉 올려보는데 익숙한 얼굴이 스쳤다. 체육관에 다닐 때 알고 지냈던 '정수'다. 친했던 시절도 있지만, 이제는 메시지를 주고받기도 어색한 사이. 그런 정수가 인스타를 시작한 모양이다. 엇, 얘도 달리기하네. 반가운 마음과 동시에 기록부터 확인해본다. 휴, 다행히 내가 조금 더 빠르다. 공감의 마음은 '좋아요'로, 살짝 우월감에 빠진 손가락은 '댓글'로 이어졌다.

– 오 정수 좀 뛰는데? 조만간 한강 한 번 나가자.

댓글은 '언제 밥 한번 먹자' 만큼이나 형식적인 말이었다. 바로 정수의 댓글이 달렸다.

– 좋아요, 형.

그 뒤로도 정수의 게시물이 꾸준히 올라왔다. 마침 겹치는 코스도 있어 몇 년 만에 약속을 잡아 정수를 만나게 되었다. 오랜만에 만난 두 남자는 최소 연락을 주고받지 않은 시간만큼 어색했다. 서먹함을 달래기 위해 날씨 얘기부터 시작해 호구 조사까지 완료했다. 그런데도 대화가 끊길 때마다 무거운 공기가 우리를 감쌌다. 빨리 뛰고 헤어져야지, 어색해 죽겠네. 서로 간단히 몸을 풀고 달리기 시작했다. 그렇게 함께 뛰니 어색이라는 단어가 무색할 만큼 마음의 거리가 좁혀졌다. 이후 정수와 나는 주말이면 함께 뛰는 러닝메이트가 되었다. 꼭 매일 통화하고 자주 연락하는 것만이 누군가와의 관계를 말해주는 것은 아닌 것 같다. 때론 이렇게 엄지 끝에서 시작된 작은 관심 표현이 때로는 관계를 더 돈독하게 만들어주는 것 아닐까.

오늘도 중랑천을 따라 한참 뛰고 나니 물에 들어갔다 나온 것처럼 땀으로 흠뻑 젖었다. 다리가 부들부들 떨리고 무릎엔 통증까지 느껴졌다. 하지만 묘한 만족감이 통증을 감싸 안았다.

물론 아직, 달리기는 끝나지 않았다. 경건한 의식 3종 세트가 남았지. 첫 번째, 이쁜 배경 찾기. 두 번째, 한껏 과장된 포즈와 고상한 표정으로 사진 찍기. 그리고 마지막으로 셀카를 SNS에 올리기. 물론 진심인 듯하면서 살짝 허세가 깔린 글도 체크 포인트.

4분 페이스 클리어, 내일은 3분에 도전한다.
#도전 #러너 #중랑천 #기록갱신 #러닝스타그램 #운동스타그램

내 끝은 창대하겠지?
그럴 거라고 말해줘

"엇다가 아니고 얻다야."

여자 친구와 나는 데이트 겸 원고 작업을 위해 자주 카페에서 만나 글을 쓰곤 한다. 오늘도 마주 앉아 글을 쓰다 잠시 화장실에 다녀온 여자 친구가 내 노트북을 빼꼼 보더니 말했다.

"알아. 나중에 한 번에 고칠 거야."

가늘게 눈을 뜬 그녀는 대꾸도 없이 다시 자리에 앉았다. 그렇다, 사실 '얻다'가 맞는지 몰랐다. 조용히 핸드폰으로 '엇다'와 '얻다'를 비교하며 찾아봤다. 애매한 단어들 앞에서 종종 맛보는 고배는 역시나 쓰다.

초등학교 때부터 학업에 재능이 없었다. 수업 시간을 빼곤 30분 이상 의자에 앉아 공부한 기억이 없다. 공부는 엉덩이 힘으로 한다는 말이 있던데, 나의 엉덩이가 얼마나 가벼운지는 생활기록부에 적나라하게 드러나 있다.

초등학교 1학년 성적기록부
'집중력이 극히 모자람.'

초등학교 2학년 성적기록부
'주위가 다소 산만함.'

초등학교 3학년 성적기록부
'정리정돈 능력이 매우 부족함'.

집중력이 부족하고 산만하다는 말은 초등학교 내내 나를 따라다녔다. 어떤 담임은 정신과 상담을 권하기까지 했다. 이런 산만함에도 어머니는 나를 꿋꿋이 학원에 보냈다.

학원에서도 나는 동년배들을 따라가기엔 모자랐던 터라 한 학년 낮은 반에서 산수와 국어를 배웠다. 수업이 시작되면 10분도 지나지 않아 집중력은 바닥났다. 몸을 배배 꼬며 친구들 얼굴을 한 번 보고, 칠판 한 번 보고, 공책에 로봇도 그려봤다. 그래도 도무지 시간이 가지 않아 짝꿍에게 장난을 쳤다. 그러면 선생님은 일단 애정 가득한 목소리로 나를 부른 후, '사랑의 매'를 하사하셨다. 나의 산만함은 맞고 나서야 잠잠해졌다. 물론 300초짜리 단기 치유였지만.

수업이 끝나면 항상 구구단 테스트와 받아쓰기 시험을 봐야만 했다. 고통스러운 시간. 굳이 시험을 보지 않아도 결과를 알고 있었다. 비가 내리는 시험지를 받아 들고 텅 빈 교실에 홀로 남아 틀린 단어와 구구단을 흰 종이 위에 빼곡히 적어 내려갔다. 글자를 쓴다기보다 따라서 그린다는 생각으로 연필심을 꾹꾹 눌러가며 구구단을 썼다. 하기 싫은 것을 억지로 하려니 머리에 들어오지 않았지만 석 장을 빽빽이 채워야 오후에 시작하는 만화영화를 볼 수 있었기에 하지 않을 수가 없었다. '너무 하기 싫다.' 연필심이 두 번이나 부러질 정도로 눌러 쓰며 생각했다. 빨리 어른이 되고 싶다고.

'어른이 되면 저절로 구구단도 알게 되고 글도 잘 쓸 수 있겠지.'

어린아이의 눈에 어른이라는 존재는 언제나 대단했다. 여유가 있고 뭐든 유창했으며 모르는 것이 없었으니까. 그런데 웬걸, 어른이 되었지만 나는 아직도 한글 맞춤법을 틀리고 있다.

"이거 또 틀렸어. '어떻해'가 아니고 '어떡해'야."

애는 오늘따라 내 노트북을 왜 이렇게 자주 보는 걸까. 핸드폰으로 사전을 찾아봤다. 이번에도 여자 친구 말이 맞다. 그래, 여자 친구의 이런 지적이 기분 나쁘지 않다. 나의 부족함을 살펴주고 채워주니 고맙기도 하다.

또 공자께서도 말씀하지 않으셨는가. "학이시습지, 불역열호"라고. 배우고 익히면 기쁘지 아니한가. 근데… 공자가 맞나? 맹자였나?

문단을 끝내며 마침표를 찍었다. 노트북에서 손을 떼고 기지개를 켰다. 만족스러운 표정을 지으며 창밖을 바라보고 있는데, 그녀가 말했다.

"이번 글 좋은데?"

Part 2

어로 가도
가족의 자랑만
되면 되지

미안해요, 아부지

"길면 1년, 짧으면 6개월입니다."

시한부 선고는 영화 혹은 드라마에서나 나오는 일이라고 생각했다. 착각이었다. 어느 날 그것이 너무나 쉽게, 내 일상의 문을 두드리고야 말았다. 언젠가부터 기침을 자주 하시던 아빠. 처음엔 별일 아니라 여겼다. 그런데 몇 주가 지나도록 아빠의 기침은 멈출 기미가 보이지 않았다.

"아빠, 병원에 좀 가요. 하루 이틀도 아니고 계속 기침하잖아."
"뭐 기침 좀 한다고 병원을 가. 곧 괜찮아지겠지."

아빠는 병원에 가보라는 내 말을 귓등으로도 듣지 않았다. 결국 나는 어쩔 수 없이 아빠를 억지로 끌고 집 근처 병원으로 향했다. 검사는 금세 끝났고, 의사가 말했다.

"큰 병원에 가보셔야겠는데요."

순간 섬뜩한 상상이 머릿속을 스쳐 지나간다. 에이, 설마. 별일 있겠어? 스스로를 달래며 택시를 타고 근처 대학병원으로 향했다.

동네 병원에서 준 서류를 보여주자 모든 과정이 일사천리로 진행됐다. 검사를 마치고 아빠와 나란히 앉아 대기실에서 결과를 기다렸다. 간호사가 진료실에서 나와 아빠 이름을 불렀다. 드디어 아버지 차례. 보호자만 들어오라고 한다. 나는 아빠 얼굴을 한 번 쳐다보고서 왜인지 찜찜한 마음을 안고 진료실로 향했다.

"아버님 식도에서 종양이 발견되었습니다."

의사가 무미건조한 목소리로 말했다.

"길면 1년, 짧으면 6개월 정도입니다."

아빠의 시한부 통보였다. 머릿속이 하얘지고 정신이 아득해졌다. 현실감이 없다는 말이 더 정확하겠다. 우리 아빠가 1년도 못 살 거라니. 그게 대체 무슨 소리람. 혼자 어버버 하다 뭐 하나 제대로 물어보지도 못하고 진료실에서 나왔다. 의자에 앉아 나를 기다리던 아빠와 눈이 마주쳤다. 그러자 아빠가 웃으며 내게 묻는다.

"왜, 암이래?"

그 말을 듣자 울컥했다.

"아빠, 이제 술은 다 마셨어!"

이 양반은 자신의 몸 상태가 어떤지 알고 웃는 걸까? 아니면 이미 이럴 거라 짐작했기에 병원에 가지 않았던 걸까? 울화통이 터져 당장 울며불며 소리라도 지르고 싶었지만, 아무 말도 나오지 않았다. 현실을 받아들여야 했다.

아빠의 병을 알게 된 후로 아빠와 같은 방에서 잠을 잤다. 아빠는 침대에서, 나는 바닥에서. 그렇게 함께 생활한 지 몇 달이 지났을까. 잠결에 인기척이 느껴져 눈을 떠보니 아빠가 침대에 앉아 책을 읽고 있었다. 방사선 치료를 받은 날이라 더 피곤했을 텐데.

"아빠, 안 자고 뭐 해."
"그냥."

말이 끝나기 무섭게 아빠는 책을 덮었다. 살면서 아빠가 책 읽는 모습은 본 적이 없는데. 무슨 책을 읽고 있었던 걸까? 궁금한 나머지 아빠가 잠들 때까지 기다려 책을 확인했다. 표지엔 강아지 한 마리가 그려져 있었다. 〈1박 2일 속초 편〉, 큰 글자로 적힌 제목이 눈에 들어왔다. 여행책이었다. 가슴이 아려왔다. 아빠가 왜 하필 이 책을 골랐는지 나는 알고 있다. 다시 자리에 누워 고민했다. 아빠와 같이 가까운 곳으로라도 여행을 가볼까? 이런저런 상상을 해봤지만 결국 의식은 돌고 돌아 다시 현실로 돌아왔다. 지금 상황에 여행이라니, 무모한 게 아닐까. 방사선 치료도 남았고, 혹여나 병증이 더 안 좋아지면 입원도 해야 하는데. 아빠

몸 상태가 지금보다 좀 더 나아지면 가야겠다고 스스로와 타협했다. 그리고 그 다짐을 끝내 이루지 못했다.

아빠가 돌아가신 후 깨달았다. 이렇게 후회할 줄 알았다면 치료를 미루고서라도 아빠와 여행을 갈걸. 어디 후회가 이것 하나뿐일까. 난 아빠가 아픈 와중에도 모질게 굴었다.

아파서 도저히 치료를 못 받겠다는 아빠에게 그것도 못 참냐며 짜증을 냈고, 항암 치료 때문에 맛이 느껴지지 않는 걸 왜 반찬 투정하냐고 핀잔을 주었다. 나는 왜 그때 아빠에게 다정한 말 한마디 건네지 못했을까. 조금 더 따뜻하게 대하지 못했을까.

아빠가 병원에 입원하는 날이면 보호자용 간이침대에서 쪽잠을 자느라 피곤한 탓이었을까? 아니면 엄마가 힘들어하는 모습에 괜히 아빠한테 화풀이를 한 걸까? 이제는 어떤 변명도 소용없다. 내가 아빠에게 살가운 아들이 아니었다는 사실만 남았을 뿐이다.

왜 사람은 지나고 나서야 깨닫는 걸까. 나의 모진 말에 아빠는 왜 화 한번 내지 않은 걸까? 왜 나의 실수를 바로잡을 시간도 주지 않았을까. 뭐가 그리 급하다고 빨리 가버린 걸까? 이런저런 생각 끝에 아빠가 밉기까지 했다. 앞에 있다면 방금 반성한 걸 다 까먹고 또 따졌을 것이다. 그럼 아빠는 또 웃으며 이렇게 말했겠지.

그랬냐, 미안하다.

… 내가 더 미안해요. 아빠. 아빠가 여행 가고 싶어 했던 거 알고 있었는데. 나중에 하늘나라에서 만나면 꼭 같이 여행 가요. 그때까지 잘 지내고 있어요.

꽁치 좀 발라봤습니다

'휴학생'이라 쓰고 '백수'라 읽던 시절. 재수해서 더 좋은 대학에 가겠다며 책상에 앉아서는 새로 나온 RPG 게임으로 밤을 꼬박 새운 어느 날이었다. 동이 틀 무렵 잠든 탓에 정오가 돼서야 겨우 몸을 일으켰다. 어머니는 벌써 출근하고도 남았을 시간. 괜스레 민망한 기분이 들어 한껏 요란하게 기지개를 켜며 방문을 열었다.

"일어났냐?"

아무도 없는 줄 알았던 거실에서 들려오는 익숙한 목소리. 소파에 누워 있던 아빠와 눈이 마주쳤다. 기지개로 날려버렸던 민망함이 다시 찾아왔다. 난 잘 주무셨냐는 인사

대신 고개만 까닥이고 곧장 화장실로 향했다.

달그락 달그락, 치익-

기름이 튀어 오르는 소리가 화장실 안에서도 들렸다. 동시에 코끝에서 느껴지는 냄새. 아빠가 생선을 굽고 있는 듯했다.

"밥 먹자."

거사를 치르고 나와 보니, 제법 그럴싸한 밥상이 차려져 있다. 식탁 한가운데 놓인 먹음직스러운 꽁치 한 마리. 아빠는 생선을 참 좋아했다. 아빠와 밥을 자주 먹지는 않았지만, 그 드문 일마다 매번 생선이 빠진 적이 없을 정도였으니까. 외가댁에 놀러 가면 할머니는 조기를 구워주셨다. 물론 그중 가장 노릇노릇하고 실한 놈은 아빠의 몫이었다.

그런 아빠가 직접 생선을 굽다니. 한 번도 본 적 없는 광경이었다. 아빠는 꽁치 대가리를 뜯어내더니 지느러미 부분을 툭툭 치며 조금은 서툰 손길로 뼈와 살을 발라냈다. 잔가시가 드문드문 박힌 하얀 생선살이 내 숟가락에 얹어졌다. 이런 것도 할 줄 아는 사람이었구나. 나는 잠시 멍 때리다, 이내 그 통통한 살을 입안으로 밀어 넣었다. 양 볼 가득 음식을 넣은 채 우물거리며 아빠를 쳐다봤다. 머리에 지은 까치집과 목이 잔뜩 늘어난 티셔츠까지, 영락없는 백수의 몰골이다. 뭘 보냐. 아빠의 눈빛이 말했다. 그냥. 나는 다시 밥 먹는 데 집중했다. 부자간의 고요한 식사가 끝났다. 아빠는 자리에서 일어나 소파로 향했고, 나는 상을 치우기 시작했다. 말하지 않아도 어느새 자연스럽게 역할이 나뉘어 있었다. 설거지까지 완벽히 끝낸 나는 그제야 씻으러 다시 화장실로 들어갔다. 거울에 비친 남자 역시 목이 늘어난 티에, 잔뜩 까치집이 지어진 머리를 하고 있었다.

이따금 어디선가 생선 굽는 냄새가 날 때면, 목이 늘어난 티를 입고 어설프게 꽁치 살을 바르던 한 남자의 모습이 생각난다. 그의 손은 투박했으나 때때로 다정했다.

왜 전화 안 받아요?

소파에 앉아 텔레비전을 보고 있을 때였다. 때마침 내가 가장 좋아하는 영화 〈누구나 그렇게 아버지가 된다〉가 방영되고 있었다. 집중해서 보고 있는데, 누나가 내 전화기를 들고 히죽히죽 웃으며 다가온다.

"너, 전화왔어."

누나에게 시선도 주지 않고 손만 내밀었다.

"이리 줘."
"야, 근데 너 엄마를 사랑하는 엄마라고 저장했어? 아우 오글거려."

돌아보니 누나가 내 전화기를 들고 손가락 마디를 접었다 펴며 오글거림을 온몸으로 표현하고 있었다. 누가 연극배우 아니랄까 봐. 쓸데없는 고퀄리티 연기에 순간 낯뜨거워졌다. 어휴. 저런 누나라고 해도 어쩔 수 없지. 이제 가족이라곤 엄마와 누나 둘뿐이다.

아빠가 돌아가시고 나서부터 우리 가족의 번호를 조금은 특별하게 저장해놓았다.

사랑하는 엄마

자랑스러운 누나

차마 얼굴을 보며 입으로 말하기에는 쑥쓰러운 단어긴 하다. 하지만 이렇게라도 내 마음을 표현해두어야 나중에 후회하지 않을 것 같았다.

스물한 살, 처음으로 가족과 떨어져 살았다. 다른 지방에서 대학에 다니게 되었기 때문이다. 엄마의 걱정은 이만저만이 아니었다. 그래서 의무적으로나마 일주일에 한 번은 엄마에게 전화를 드렸다. 엄마와의 통화는 언제나 밥 먹었는지, 학교생활은 괜찮은지, 공부는 잘하는지…. 주로 걱정에서 시작해 걱정으로 끝났다. 엄마의 걱정은 왜 다 잔소리로만 들리는지. "알았다고!" 결국 통화는 내 짜증으로 끝나곤 했다. 그러면 엄마는 몇 초 동안 말이 없었다.

"아빠한테도 전화해."
"알겠어요."

전화를 끊고, 아빠에게 전화할까 망설이다 통화 버튼을 누르지 않았다. '다음에 하지 뭐. 나한테 별로 신경도 쓰지 않는데.' 엄마에게 일곱 번 전화하면 성화에 못 이겨 아빠에게 한 번쯤 전화했다. 아빠와의 통화는 항상 짧고 간결했다. 실제로 얼굴을 봐도 대화를 나누지 않는데 통화는 오죽할까. 1분도 채 되지 않는 그 짧은 시간은 정적으로 가득했다. 수화기 너머로 거실 시계 초침 소리마저 들릴 정도였다.

"밥 먹었냐. 바빠도 끼니는 거르지 말고. 끊는다."

침묵이 길어지면 아빠는 언제나 밥 얘기를 하셨다. 그러고는 내 답을 듣지도 않고 무심히 전화를 끊었다. 그때는 그저 아빠도 나처럼 통화가 귀찮은가 하고 생각했다. 그런데 이제 와 생각해보면 할 얘기도 없고, 공감대도 없고, 어른도 아이도 아닌 어정쩡한 아들과 대화하는 걸 불편하게 여기신 것 같다. 이런 상황을 만든 사람은 아들인 나인 듯하고.

사실 내가 먼저 얘기했어도 되는데. 결석을 많이 해서 학고도 맞고, 친구와 싸우다 경찰서도 가고, 같은 과 동기와 연애도 하고 있다고.. 이런 시시콜콜한 일상 이야기가 아니더라도 할 말은 많았을 텐데. 인생 선배로서 어떻게 생각하는지 이것저것 여쭤봤다면 어땠을까? 그만큼 덜 어색한 관계가 되었을 텐데 말이다. 그렇지만 이런 생각은 이제 의미가 없다. 얘길 들어줄 그 사람이 더 이상 내 곁에 없으니까.

어느 날 문득, 아빠가 생각나 아버지 핸드폰 번호로 전화를 걸었다.

– 지금 거신 이 번호는 없는 번호이니 다시 한번 확인하시고 걸어주시기 바랍니다.

알고 있다. 오히려 전화를 받으면 더 무섭지. 아빠가 돌아가시고 아빠의 전화번호도 사라졌다. 자연스러운 일이다.

그런데 그냥 했다. 그냥.

그렇게 받지도 않은 전화를 끊었다. 그러고 나서 핸드폰 화면을 보니 '아버지'라고만 저장되어 있었다. 이 한 단어에 내 모습이 그대로 반영된 것 같았다. 그동안 내가 얼마나 무뚝뚝하게 아버지를 대했는지 말이다. 늦었지만, 아버지에 대한 나의 감정을 담아 아버지 연락처 이름을 바꿨다. 진정으로 하고 싶은 말을 담아서.

보고 싶은 아빠

누나랑 엄마의 이름을 바꿔놓은 것 역시 같은 이유다. 나중에 이 사람들이 사라졌을 때, 내가 그들을 이렇게 생각했다는 걸 잊지 않기 위해.

누나의 히죽거림에 평정심을 찾고 이렇게 말했다.

"누나는 자랑스러운 누나라고 저장했어."

"헐."

누나는 이런 나를 어이없다는 듯 쳐다봤다. 나는 어깨를 으쓱하고 방으로 들어갔다.

핸드폰 화면을 다시 본다. 나중에는 누군가 아빠의 번호를 쓰게 되겠지. 언젠가 또 전화를 걸었을 때 다른 사람이 받을지도 모른다고 상상하니, 기분이 이상하다. 그래도 아빠는 평생 내 아빠일 테니까.

오늘따라 유난히 아빠의 목소리가 그립다.

죽음이 저기쯤 있나요?

아빠가 돌아가신 후로 죽음에 대해 생각하는 시간이 많아졌다. 언제나 옆에 있는 게 너무나 당연했던 사람이 없다는 것. 그 사실을 이젠 받아들여야 한다. 도대체 삶과 죽음을 누가 결정하는 것일까? 아빠에게 삼도천을 건너는 배편의 승차권을 내민 이는 누구인가. 아빠가 자의로 끊은 표는 아닐 텐데. 아빠는 지금쯤 어디에 있을까. 삼도천을 건너가는 배 안에서, 또 넉살 좋게 옆 사람과 친근히 대화를 나누고 있을까. 아니면 벌써 천국에 도착했을지도 모르겠다. 생전에 착한 일을 아주 많이 하시진 않았지만, 그렇다고 악한 사람은 아니었으니 지옥으로 향하진 않았으리라. 어쩌면 천국이나 지옥, 영혼 같은 개념은 한낱 인간이 만들어낸 허상이 아닐까?

죽음에 대한 공포에서 벗어나기 위해 만든 세계는 그저 허상일 뿐. 사실은 심장이 멈춘 순간부터 천천히 뇌가 괴사하며 그저 무無가 되는 것일지도 모른다. 가까이에서 죽음을 직면하고 나니 내게 죽음은 더욱 어렵고 복잡한 단어가 되었다.

히말라야에 가기로 결심한 가장 큰 이유는 '죽음死'을 이해해보고 싶어서였다. 죽음이란 대체 무엇일까. 말 그대로 생명 활동이 정지된 상태를 의미하는 걸지도 모른다. 그러나 단지 그것뿐만은 아닐 텐데. 어쨌거나 죽음이란 단어를 떠올릴 때면 암흑, 끝, 허무, 비논리적, 공포, 이해 불가, 두려움 따위의 부정적인 생각이 따라온다. 안간힘을 써봐야 생의 끝은 결국 죽음. 아무리 발버둥 쳐봐도 결국엔 다들 '죽음'이란 목적지에 도달하기 위해 이토록 열심히 '삶'이란 트랙을 달리고 있는 것이 아닐까도 싶었다.

복잡할수록 단순하게 생각하라고 했지. 그래, 단순히 생각해보자. 걸어서 죽음까지 가보는 거야. 그렇게 떠올린 곳이 히말라야였다. 어린아이들은 죽음을 표현할 때 '하늘나라에 갔다'라고 말한다. 히말라야는 하늘과 가까이 맞닿아

있으니 어쩌면 그곳에 답이 있을지도 모르겠다는 생각이
들었다.

히말라야에 도착해서 보름 넘게 오르고 또 올랐다. 고도
가 높아질수록 머리가 아프고 속이 더 메스꺼워졌다. 두통
은 예삿일이었다. 에베레스트 베이스캠프 부근 숙소에서
잠을 청했던 날. 누군가 내 폐를 쥐어짜는 것처럼 호흡이
마음대로 되지 않았다. 아, 정말 죽음이 코앞에 닥쳐왔다는
게 이런 것이구나 싶었다. 그곳에선 혈관을 확장시키는 만
능 치료제인 비아그라도 전혀 소용이 없었다. 밤이 깊어지
면서 호흡은 점점 가늘어지고 신음을 낼 기운조차 나지 않
았다. 하늘과 가까운 이곳에서, 이대로 진짜 하늘나라에 갈
수도 있겠다는 생각이 불쑥 들었다. 주머니에 있던 종이를
꺼내 어머니에게 유서를 남겼다.

엄마에게
엄마. 위험한 곳은 가지 말라 늘 말리셨는데. 못난 아들,
이번 여행은 집 뒷산 정도 오르는 느낌이라고, 히말라야
전혀 위험한 곳 아니라고 우겨서 이곳에 왔는데 결국 아
는 사람 하나 없는 산속에서 곧 죽을지도 모르겠어요. 아

빠도 없는데 나도 없으면 우리 엄마 어떡하지? 죄송해요. 보고 싶어요. 엄마. 더 잘했어야 했는데. 이 순간 자식 노릇 한번 제대로 못 하고 이렇게 떠나는 게 후회될 뿐이에요. 그래도 사랑해요, 엄마.

그러고 나서 눈을 감고 기도를 했다. 하느님의 바짓가랑이를 붙잡는 심정으로.

하느님에게

하느님, 하느님, 살려주세요. 이번에 살아서 내려가게 해주신다면 몇 년째 가지 않는 성당에 매주 꼬박꼬박 나가 고해성사 할게요. 제 기도 소리 들리시죠? 지금 하느님이랑 저, 제법 가까이에 있잖아요. 안 들리는 척하지 말아주세요. 정말 이렇게 허무하게 죽고 싶지 않아요. 아직 하고 싶은 게 너무 많아요. 해야 할 일도 많고요. 제발, 부디, 제 기도 들어주세요.

사람은 참 간사하다. 이럴 때면 신을 찾으니. 아니, 이렇게 간절하니까 신을 찾게 되는 건가? 기도를 끝으로 나는 깊은 잠에 빠졌다.

다행히 기도빨이 먹혔는지, 여태껏 잘 살아있다. 뿐만 아니라 신기하게도 그날 이후 고도에 조금씩 적응해서 숨 쉬는 것도 편안해졌다. 그렇게 목표했던 세 코스를 낙오 없이 올랐고, 그리웠던 맨땅을 다시 밟을 수 있었다.

히말라야에서 깨달은 사실이 하나 있다면, 죽음이 비논리적인 무언가가 아니라는 점이다. 죽음은 늘 우리 가까이에 있다. 아빠가 돌아가신 건 그저 늘 우리 곁을 맴돌던 죽음이 때가 되어 아빠를 데리러 온 것뿐이다. 죽음은 너무나 당연하고 자연스러운 생의 한 요소다. 그제야 나는 비로소 '삶은 죽음으로 완성된다'는 진부한 진리를 받아들일 수 있었다.

죽음이 어디에 있는지 어렴풋이 파악한 지금, 더 이상 죽음에 얽매이지 않기로 했다. 현재를 사는 것에 집중하기도 바쁜 것을. 사람을 만날 수 있을 때 만나고, 놀 수 있을 때 놀고, 배울 기회가 있으면 배우고. 어쩌면 이건 아빠가 내게 보내준 메시지가 아닐까. 죽음을 미리 걱정하지 말고, 현재에 집중해서 나에게 주어진 삶을 충분히 더 즐기다 천천히 오라고.

아빠는 왜 엄마랑 결혼했어요?

이사를 앞두고 짐 정리를 하다 우연히 예전 일기장을 발견했다. 유독 우울했던 나의 스물다섯. 마땅히 하소연할 곳도 없고 누군가에게 나의 속마음을 다 들키고 싶지 않았다. 그래서 갑갑한 감정들을 일기장에 두서없이 나열하곤 했다. 일기장에 내 마음을 적을 때에는 누군가의 눈치를 볼 필요가 없었다. 그저 생각나는 것들을 적고 적었다. 그런 추억(?)들을 빼곡히 적었던 일기장이라니! 이렇게 다시 마주하니 마치 어렸을 적 친했던 친구와 다시 만난 것 같았다. 기대 반 설렘 반으로 일기장을 펼쳤다. 우울하기만 했던 건 아니었구나. 그중 내 시선을 잡아끄는 글이 하나 있었는데, 정확히는 일기라기보다는 다짐에 더 가까운 '5계명'이었다. 제목은 〈이렇게 살아야 해!〉.

첫 번째, 자신의 반려자는 사랑스럽게 대한다.

두 번째, 게으름 피우지 않는다.

세 번째, 술은 취하지 않을 만큼 적당히 마신다.

네 번째, 우유부단하게 굴지 않는다.

다섯 번째, 남을 쉽게 믿지 않는다.

술 먹고 쓴 건가? 일기장 너머 스물다섯 이해범을 앞에 앉혀 두고 혼내주고 싶을 정도로 오글거린다. 하지만 저런 글을 쓸 수밖에 없었던 그날이 기억난다. 아빠가 술로 인사불성이 되어 들어온 어느 날이었다. 화가 난 엄마는 언성을 높였고, 그 모습에 덩달아 감정이 격양된 아빠는 씩씩거리며 말했다.

"에이씨! 그때 내 사업이 잘됐어 봐. 지금쯤 한남동에서 떵떵거리며 살고 있을 텐데, 그럼 당신이 나한테 이렇게 대했겠어!"

아빠는 아직도 과거에서 허우적거리며 헤어나오지 못하고 있었다. 그런 아빠의 모습을 보면서 '저렇게는 살지 말자' 다짐하며 5계명을 적었다.

아빠는 성실한 가장도, 다정한 남편도 아니었다. 어쩌면 불량 가장이라는 말이 더 어울릴 것 같다. 그 정도로 엄마와 자주 다투셨고, 가족보단 친구를 좋아했으며, 밤만 되면 시뻘게진 얼굴로 집에 돌아와 신세 한탄을 하기 일쑤였다.

술보다 더 큰 문제는, 아빠가 사람을 너무 쉽게 믿는다는 점이었다. 아빠는 친구의 부탁으로 보증을 서다 집안 살림을 여러 번 거덜 냈다. 그런 아빠를 향한 미움이 일기장에 고스란히 담긴 셈이다.

일기장이 서랍에 잠들어 있던 5년. 그사이 아빠는 세상을 떠났다. 그리고 나는 그런 아빠를 조금은 이해할 수 있을 만큼의 어른이 되었다. 아빠가 암을 선고받기 1년 전이었던 겨울날, 그날도 술에 취한 아빠와 엄마는 대판 싸웠다. 급기야 아빠는 소리를 지르며 집을 나갔다. 엄동설한에 핸드폰도 지갑도 다 두고 나간 아빠가 걱정됐던 엄마는 아빠를 찾아보라며 날 내보냈다. 나는 집 앞 놀이터 의자에 홀로 앉아 있는 아빠를 발견했다. 조심스럽게 옆에 앉아 집에 가자는 내게, 아빠는 술이나 한잔 더 하자고 했다. 바로 집에 들어가기에는 자존심이 상했던 걸까.

그렇게 호프집에 앉아 아빠와 소주를 마셨다. 한 잔, 두

잔, 한 병, 두 병…. 나도 꽤 취했는지, 빈 병이 늘어갈수록 아빠가 괜히 친구처럼 느껴져 짠했다. 그래서였을까. 나도 모르게 엉뚱한 질문이 튀어나왔다. 평소라면 굳이 꺼내지 않았을 질문.

"아빠는 엄마랑 왜 결혼했어요?"

"사랑하니까 결혼했지."

"사랑해서 결혼했다고요? 지금은 전혀 아닌 것 같은데?"

"아냐. 지금도 네 엄마 사랑해. 내가 잘해준 게 없어서 미안해서 더 그런 거지."

"…."

"너한테도 미안하다, 해범아. 제대로 해준 것도 없고."

"뜬금없는 소릴 하시고 그래…."

"근데 어쩌냐, 나도 잘해보려고 하는데 마음처럼 안 되네."

"나한테 안 미안해도 되니까 엄마한테나 좀 잘하세요."

"네 엄마가 소리부터 지르니까 그렇지. 괜히 무시하는 거 같아서 욱하게 돼."

"그래도 아빠가 먼저 이해해야지."

아빠는 말없이 소주만 들이켰다. 아빠의 소주잔엔 죄책

감, 미안함 같은 감정들이 담겨 있는 듯했다. 그런 아빠를 물끄러미 쳐다보았다. 내 시선은 어느새 아빠의 얼굴을 지나 어깨에서 멈췄다. 나는 아주 어렸을 때부터, 아빠의 넓고 큰 어깨에 매달리는 걸 좋아했다. 그런데 오늘 본 아빠의 어깨는 유독 굽어 있었다. 단순히 나이 때문만은 아니었다. 아빠로서 남편으로서 가장으로서 제대로 된 역할을 못 했다는 죄책감에 어깨 펼 날이 없었던 걸까.

사실 내가 일기장에 적었던 5계명을 아버지도 무척이나 지키고 싶었을 것이다. 이제는 멈춰버린 아빠의 나이와 꾸준히 더해만 가는 내 나이. 그 사이의 간격이 점차 줄어들면서 나는 조금씩 더 아빠를 이해하게 된다. 서른다섯 이해범은 세상이 결코 호락호락하지 않다는 걸 뼈저리게 깨달았다. 그리고 이따금 친구의 간곡한 부탁을 이기지 못하고 돈을 빌려주기도 하니까.

이젠 안다. 어렸을 땐 쉽게, 당연히 지켜야 한다고 생각했던 다섯 가지 다짐이 실은 너무나 지키기 어려운 약속이었다는 것을.

그것로 충분하다

"이따위로 서류를 주면 나보고 어떻게 결재하라는 거야. 다시 해와."

다시 해오라는 소리, 오늘만 벌써 세 번째다.

집에 무슨 일이라도 있는 걸까? 그는 온종일 저기압인 상태로 신경질을 부렸다.

"이게 몇 번째야. 똑바로 안 해?"

비난과 질책은 퇴근 시간까지 이어졌다. 모두가 떠나고 나서야 나는 패잔병처럼 흐느적거리며 자리에서 일어났다. 상처투성이가 된 마음을 겨우 이끌고 차에 올랐다. 시동을 걸자, 계기판에 경고등이 들어왔다. 배고프니 기름 좀 채워 달라고. 조금 멀지만 리터당 10원 더 저렴한 주유소로 향했다. 만땅이요- 기름을 넣는 중에도 오늘 회사에서 있었던 일이 계속 떠오른다. 마치 정체 구간처럼 머릿속에 꽉 들어차 빠져나가지 않는다. 기름을 다 채우자 계기판의 경고등이 언제 그랬냐는 듯 사라졌다. 나도 누가 기름 좀 넣어줬으면 좋겠네, 생각하고 있는데 때마침 메시지가 왔다.

　- 올 때 양파 좀 사 와.

나는 집으로 출발하며 답장을 보냈다.

　- 네. 뭐 더 필요한 건 없어요?
　- 없어. 너만 오면 돼.

문득 '난 엄마에게 어떤 존재일까' 하는 궁금증이 올라왔다. 심부름 잘하고, 청소 잘하는 아들? 휴, 내가 원했던 건 이런 게 아닌데. 자랑할 수 있는 자식이길 원했다. 사회적으로 안정된 직업에 성공한… 이를테면 대기업에 다닌다거나, '사' 자가 달린 직업을 갖는다거나, 좋은 차를 타고 돈 많이 버는 성공한 사업가라거나 그런 것 말이다. 하지만 이미 늦었다. 아무래도 첫 단추를 잘못 끼운 것 같다.

엄마가 반대하던 공고에 입학했고 성적이 되지 않아 지방에 있는 등록금만 비싼 대학에 갔다. 서른이 다 되도록 취업도 제대로 하지 못하다가 얼마 전 겨우 취업한 회사에선 매일 욕받이 노릇이나 하고 있다니. 엄마 나이 때에는 자식 자랑하는 맛에 산다던데. 엄마 친구네 아들딸들은 왜 하나같이 대기업에 다니고, 의사에 변호사에 다 잘난 녀석들뿐인지. 난 자랑거리라곤 하나 없는 것 같아 엄마에게 괜스레 미안해졌다.

마트에 들려 양파를 바구니에 담고 떠먹는 요구르트도 샀다. 엄마가 좋아하는 요플레. 아파트 엘리베이터를 타고 7층에 내리자 매콤하면서도 고소한 냄새가 현관문을 넘어 먼저 반긴다.

"왜 이렇게 오래 걸렸어. 오징어볶음 다 졸았잖아."

내 손에 있는 종량제 봉투를 받아 들며 엄마가 말했다. 나는 별다른 대꾸 없이 방으로 들어가 문을 닫았다. 침대에 몸을 던지고는 베개에 머리를 파묻었다. 한시름 놓은 몸뚱이와는 달리, 머릿속은 복잡했다. 마치 소가 여물을 되새김질하듯 오늘 하루 있었던 일들이 나를 떠나지 않고 맴돌았다. 그냥 이렇게 잠들었으면 좋겠다.

"얼른 밥 먹어. 너 좋아하는 오징어볶음 했어."

고단한 몸을 일으켜 부엌으로 갔다. 식탁엔 매운 고추 냄새가 배어있는 오징어볶음과 바삭하게 튀긴 돈가스, 그리고 밥 위에는 내가 좋아하는 계란 프라이가 반숙으로 수줍게 올라가 있었다. 볶은 깨도 솔솔. 온통 내가 좋아하는 반찬들뿐이다.

"엄마, 오징어볶음이면 됐지 뭘 이렇게 많이 했어."
"너 좋아하잖아."

허한 마음을 달래듯 허겁지겁 먹고 있는데 엄마가 말을 걸었다.

"엄마 오늘 친구 만났거든."

"응."

"너 명순이 이모 알지?"

"응."

"그 집 딸이 마스크 사업 한다고 했잖아. 아주 잘 시간도 없이 바쁘대."

"그래요? 나도 바빠서 돈 많이 벌고 싶네."

"돈 많으면 뭐해. 잠도 못 자고 일만 하다 엊그제 응급실 실려갔다더라."

"아이고, 저런."

"돈 잘 버는 것도 좋지만, 건강이 최고야."

식사를 끝내고 설거지를 하는데 엄마가 핸드폰을 찾아 헤맸다. 왜 만날 그렇게 어디다 뒀는지 모른대, 고무장갑을 벗고 내 핸드폰으로 엄마에게 전화를 걸었다. 가스레인지 옆쪽에서 진동이 느껴졌다. 진동을 따라가보니 엄마의 핸드폰이 눈에 들어왔다. 화면에는 '자랑스러운 아들'이라고 떠 있었다.

'그래, 엄마의 자랑이면 충분하지.'

엄마랑 함께 장도 보고, 가끔 엄마가 좋아하는 최신 영화도 보고, 저녁에 산책로를 걸으면서 같이 시간을 보내는 것. 실은 그걸로도 충분하지 않을까? 세상에서 큰 사람이 되기 전에 우선 엄마의 자랑이 되려 노력해야겠다.

내가 나보다 낫네요

"괜찮은 일자리인데, 해볼 생각 없어?"

성당 지인의 전화였다. 이런저런 공부를 한다고 까불었던 나는, 아버지가 돌아가시고 나서야 뼈저리게 알았다. 내가 현실을 너무 모르고 있었다는 걸.

그동안 나는 행복회로만 돌리며 살았다. 막연히 언젠가는 잘 되겠지 하는 희망을 품고서 말이다. 하지만 그건 기껏해야 자기합리화에 불과했다. 이젠 어엿한 사회 구성원으로서 '나'라는 작은 톱니바퀴를 '사회'라는 큰 태엽에 끼워 넣을 때가 된 것이다.

지인이 소개해준 일자리는 한 중소기업의 사무직이었다.

하지만 말이 사무직이지 일손이 부족한 회사라 담당 사수를 따라 영업까지 나가야 했다. 그렇게 몸으로 부딪혀 가며 일을 배웠다. 내게 주어지는 일이 뭐든 군소리하지 않고 닥치는 대로 했다. 그렇게 일을 겨우 마무리하고 집에 돌아오면 늘 밤 10시가 넘어 있었다.

와중에 퇴근이 빠른 것처럼 느껴질 때가 있었다. 부장이 일주일에 세 번씩 주최하는 회식 날이 그랬다. 아버지뻘 되는 부장은 회식을 너무 좋아했다. 한두 명의 직원을 빼곤 모두 집에 가고 싶은 표정이었다. 하지만 사수는 아랑곳하지 않고 회식도 업무의 연장이라며 내게 식당에 가서 회식 자리를 맡아놓는 일까지 시키곤 했다. 불판 앞자리에 앉아 고기를 굽는 일도 내 몫이었다. 그날도 졸린 눈을 비비며 고기를 뒤집는데, 부장이 내게 다가와 술을 따라주며 물었다.

"요즘 어때? 일은 할 만하지?"
"네. 재밌습니다."

그때 옆에 있던 사수가 껴들며 말했다.

"뭘 재밌어. 제대로 하지도 못하면서. 부장님. 얘 그렇게 안 생겨서 엄청 느려요. 아주 답답해 죽겠습니다."

이 삼시 세끼 같은 박 과장 놈아! 네가 네 일까지 다 나한테 떠넘기니까 그런 거란 생각은 안 해봤니?

"박 과장 능력 있잖아. 박 과장이 한번 잘 키워봐."
"네, 부장님. 제가 이 회사에서 키워낸 애들이 몇 명입니까. 어렵겠지만 이번에도 한번 잘해보겠습니다."
"그럼 그럼. 내가 박 과장 믿지! 다들 잔 들어. 이걸로 막잔하고 일어납시다."

어? 근데 오늘 왜 이렇게 일찍 끝내지? 부장님도 이번 주에 우리가 힘들었다는 거 알고 계셨던 건가? 이런 날도 있어야지. 어쨌거나 고맙습니다, 부장님!

"다들 이번 주도 수고했고, 내일 다들 약속 없지? 내일은 우리 부서 힘내자는 의미로 다 같이 등산이나 갑시다."
"…."

내일? 등산? 내일이면 토요일 아닌가? 그러면 그렇지. 부장은 다 계획이 있었구나. 주말만 기다렸는데, 표정 관리하기가 어렵다. 앞에 앉아 있는 정 사원의 얼굴도 눈썹부터 코의 각도, 입술까지 마치 욕을 온통 얼굴로 표현하고 있는 듯하다. 내 표정도 다르지 않겠지. 다들 비슷한 표정을 짓고 있는데 딱 한 사람은 아니었다.

"진짜요 부장님? 정말 잘 됐어요. 그렇지 않아도 오랜만에 신선한 공기 좀 마시고 싶었는데, 너무 좋습니다!"

내 사수 새끼인지 삼시 세끼인지는 노래방에서 탬버린 좀 흔들어봤는지 딸랑딸랑 소리를 아주 잘 내고 앉았다. '엣헴, 사회생활은 이렇게 하는 거야!'라고 몸소 보여주기라도 하는 듯.

1주일에 세 번은 회식, 2주에 한 번은 등산.
지쳐가는 몸을 홍삼액과 비타민으로 충전하며 버텼다. 그렇게 참고 참다 어느덧 1년이 지났고, 이 생활도 익숙해졌다. 오늘도 회식 자리에서 부장님의 훈화 말씀과 등산 계획을 듣고 집으로 돌아왔다.
회식에서 소주를 두 병이나 마셨지만 오늘따라 술을 마

신 것 같은 기분이 들지 않았다. 집에서 혼자 맥주캔을 땄다. 시원한 맥주를 마시며 오늘 회식 자리에 있던 한 명 한 명을 떠올렸다. 온갖 서류 업무에 이어지는 외근과 야근. 그렇게 시간이 지나면 대리가 되고 과장이 되어간다. 사회를 구성하는 톱니바퀴의 일부가 되어 살아가는 사람들. 그나마 승진이라도 하면 다행이지. 특별한 척해 봐야 나도 그중 하나일 뿐이란 생각이 들어 애꿎은 맥주만 벌컥벌컥 들이켰다.

매달 통장에 월급이 따박따박 꽂히는 삶. 이 회사에 계속 다니면 소위 '안정적인 생활'을 할 수는 있겠지. 하지만 무언가 답답했다. 목이 말라 물을 마셔도 갈증이 해소되지 않는 느낌이다. 과연 내가 이 생활을 몇십 년 동안 계속할 수 있을까? 정답 없는 고민에 빈 맥주 캔만 늘어갔다.

"모르겠다. 일기나 쓰고 자자."

하루를 정리하기 위해 오늘 느꼈던 감정과 생각을 일기장에 기록했다. 주저리주저리 쓰고 일기장을 덮으려는데, 이 장면을 어디서 본 것 같은 기시감이 든다. 데자뷔인가. 앞 장을 들춰본다. 그래, 일기 내용이 어제와 비슷하네. 앞뒤로 아무리 넘겨 봐도 어제나 그제나 그게 그거다.

아침에 기상, 출근해서 바로 거래처 사장님과 미팅. 점심 먹고 돌아오는 길에 기름을 넣었는데 그 영수증이 없어짐. 영수증 찾아서 청구해야 하는데 어디에 뒀는지 모르겠음. 저녁은 회식, 내일은 꼭 찾아야지. 오늘도 수고했어.

출근하고 외근 나가고 회식하고 영수증 걱정하고. 뭐 하나 특별히 다른 게 없다.

큰 사건 사고 없는 것에 감사해야 하는 걸까. 예전엔 이러지 않았던 것 같은데. 문득 1년 전 오늘이 궁금해졌다. 옛날에 썼던 일기장을 꺼내 천천히 책장을 넘기며 과거로 가는 타임머신을 탔다.

1년 전 오늘은 내가 처음으로 서핑을 한 날이었다. 바닷물이 코로 들어와 켁켁거리고 파도에 떠밀려 온 서프보드에 머리를 박아 큰 혹이 생기고. 따가운 햇볕에 등가죽이 다 벗겨져 아파 죽겠다는 1년 전의 나. 다시 일기장을 몇 장 넘기자 자전거로 국내 여행을 했던 내가 있었고 또 몇 장을 넘겨 보니 복싱 대회에 나가기 위해 매일 열정을 불태웠던 나도 있었다. 그런 과거의 나를 뒤로한 채 다시 일기장을 덮고 타임머신을 타고 현실로 돌아왔다. 저때는 그다지 행복하다 느끼지 못했던 것 같은데, 지금 돌이켜보니 정말 행복해 보이네. 나는 한동안 낡은 일기장을 손에서 놓지 못했다.

내가 원하는 삶은 무엇일까. 보고서 같은 요즘 일기 내용과는 다르게, 1년 전의 나는 한 치 앞도 내다보기 힘든 하루하루를 보냈다. 뭐가 정답인지…. 어쩌면 정답 없는 삶에 답을 억지로 끼워 맞추려고 했던 것은 아닐까. 내 스스로 아빠의 죽음을 족쇄처럼 사용한 건지도 모르겠다. 객관식처럼 딱 떨어지는 단순한 답이 있다고 생각하면 그게 편하니까. 하지만 인생은 객관식도, 주관식도 아닌 서술형이다. 최소 수십 년의 인생 스토리에 마침표를 찍었을 때가 되어서야, 잘 살았는지 못 살았는지 조금은 알 수 있지 않을까.

다 마신 맥주 캔을 던져 쓰레기통에 집어넣었다. 한 번뿐인 인생, 이제부터라도 내가 원하는 인생을 살아봐야겠어. 자리에서 일어나 컴퓨터 앞에 앉아 인터넷 검색창에 글자를 썼다.

– 사직서 쓰는 법

가늘어도 괜찮으니
길게 살아주세요

"내 수명을 5년만 양도해줄 수 있으면 좋겠어."

고등학교 때부터 친구였던 채희는 이따금 자신의 늙은 반려견을 바라보며 중얼거리곤 했다. 나도 강아지를 키우지만 개는 어디까지나 개일 뿐이라고 생각했다. 그래서 친구의 말이 전부 이해되지는 않았다.

우리 집엔 15년을 함께한 시츄가 있다. 그녀의 이름은 복자. 눈도 커다랗고 귀도 널찍한 복자를 처음 만난 건 15년 전 내 청춘의 방황이 시작될 즈음이었다. 태어난 지 5개월도 되지 않아 전 주인에게 버림받은(것으로 추정되는) 복자는 동물병원에서 생활하고 있었다. 그런 복자를 누나는 며칠 동안 눈여겨보았다. 그러고는 가족과 별다른 상의도 없이 덜컥, 복자를 입양해 왔다. 얼떨결에 내 의사와는 상관없이 복자와의 동거가 시작되었다. 복자는 촌스러운 이름과 다르게 어딘가 도도했다. 간식도 비싸고 맛있는 게 아니면 잘 먹지 않았고, 가족들이 현관문을 열고 들어와도 쓱 한 번 쳐다보곤 다시 지 할 일(잠을 자거나 멍 때리는 일)을 했다. 버림받은 기억 때문인지 원래 그런 성향인지는 모르겠지만, 복자는 대체로 혼자 있는 걸 좋아하는 내성적인 아이였다.

그런 데면데면한 모습이 조금은 서운했다. 하지만 복자 입장에서 생각해보면 나 또한 그리 좋은 반려인은 아니니까 그러려니 했다. 복자와 나의 관계는 형식적이라고 해야 할까? 때 되면 밥 주고, 산책시키고, 어딘가 아픈 듯하면 병원에 데려가고. 자식 키우듯 희생하며 모든 사랑을 주진 못해도 나름대로 최소한의 도리는 한 것 같다. 그렇게 함께 살다 보니 꼬물꼬물 강아지였던 복자가 어느덧 열다섯 살 노견이 되었다. 물론 나이를 더 먹었다고 해서 나의 태도나 복자의 태도가 달라진 건 아니다. 시츄 종에게 잘 찾아오는 질병인 백내장으로 시력을 거의 다 잃고, 피부병이 자주 와서 병원에 가는 횟수가 잦아졌다는 정도. 노화는 사람에게도 동물에게도 피할 수 없이 찾아오는 과정이니까 어쩔 수 없다고 생각했다.

그런 생활을 반복하던 어느 날 누나가 독립을 선언했다. 자연스럽게 복자의 주양육자(?)는 나로 바뀌었다. 책임이 늘어나니 산책 시간도 늘고 간식도 더 자주 챙겨주게 되었다. 복자는 싫어했지만, 내 배 위에 더 자주 앉혀두곤 했다.

누나가 집을 나간 지 몇 달이 흘렀다. 그날도 평소와 다름없이 잠자리에 누웠는데 갑자기 내 방문을 긁는 소리가 났다. 조금은 낯선 노크 소리. 가끔 누나 방문을 긁긴 했어도 나한테 그런 적은 없었는데, 복자의 기척에 의아한 마음으로 문을 열었다. 좁은 틈새로 쏙 들어온 복자가 뜨끈한 방구석 한자리를 차지하곤 몸을 웅크렸다. 금세 잠이 든 것 같은 복자를 바라보다 조심스럽게 침대로 데려왔다. 복자를 살며시 내 옆구리에 끼고는 이불을 덮어주었다. 복자의 작은 심장 소리가 들렸다. 흐- 길고 깊은 호흡은 마치 사람이 숨 쉬는 것 같았다. 너도 15년쯤 살다 보니 사람이 다 되었구나. 언제 이렇게 시간이 흘렀는지. 인간의 나이로 따지면 90살쯤 된 걸까. 복자야, 넌 살면서 행복했던 적이 있니? 맛있는 밥을 먹고 산책하며 풀냄새를 맡는 것도 좋지만, 가족에게 사랑받는 행복이 진짜 행복일 텐데. 난 너에게 제대로 된 사랑을 준 적이 없네.

복자가 독립적이고 데면데면한 성격이라고 느낀 건 내가 마음의 문을 열지 않아서가 아닐까. 복자는 늘 준비되어 있었는데 정작 내가 그 문을 열고 들어갈 생각이 없었던 걸지도. 그래서 15년이란 세월을 기다리고 기다리던 복자가 먼저 내 마음의 문을 긁고 들어온 건 아닐까.

요즘 들어 복자는 마취도 하기 어려울 정도로 몸 상태가 좋지 않다. 앞도 보이지 않는데 이젠 귀도 조금씩 들리지 않는 모양이다.

앞으로의 삶에 복이 가득하라는 마음으로 붙여준 이름, 복자. 촌스러운 이름을 지어주면 오래 산다던데. 복자야, 조금만 더 내 옆에 있어주라. 이 방황이 끝날 때까지. 너는 나보다 더 어른스러운 강아지니까.

잠든 복자의 목덜미를 쓰다듬었다. 부디 이 온기를 오래오래 느낄 수 있길 바라며.

늦었으면 포기하지 그래요?

아, 수영장 특유의 염소 냄새가 코를 찌른다.

다시 돌아온 수영장. 내가 있어야 할 곳으로 돌아온 것 같다. 사회라는 육지에선 느리게 기어 다니던 거북이가 이제 겨우 바다에 닿은 것처럼 활력이 넘친다. 그런데 이런 내에너지와는 다르게 저기, 수영장 레인 끝에서 바다에 빠진 생쥐처럼 허우적거리는 수강생 한 분이 눈에 들어왔다.

날씨가 슬슬 후덥지근해지면 수영장에는 많은 사람이 찾아든다. 맥주병에서 벗어나고 싶은 초보부터 물개를 꿈꾸는 이들까지. 그러다 보니 수영 강사에게 여름은 조금 부담스러운 계절이다. '부지런하게 새벽 수영을 다닐 거야' '멋진 몸매를 만들어야지' '바다에서 자유롭게 헤엄칠 거야' 같은 다양한 이유로 수영장을 찾는 사람들. 하지만 한 시간도 지나지 않아 자신은 물개가 아닌 물에 빠진 스펀지에 가깝다는 것을 깨닫게 된다.

나도 할 때마다 힘든 게 수영인데, 처음 수영을 접하는 사람들은 오죽할까. 힘겨워 보이는 사람들 사이에서 당장 응급차를 불러야 할 것처럼 넋이 나간 한 사람이 보였다. 60대 후반 정도로 보이는 그녀는 평소 어투나 행동에서 품위가 느껴졌다. 하지만 유독 물에만 들어오면 떼쓰는 아이처럼 궁시렁대곤 했다.

"선생님, 너무 힘들어요, 힘들어. 저 한 바퀴만 쉬었다 갈게요."
"안 돼요. 두 바퀴 더 도세요. 자자, 몸에 힘 빼고 출발!"

내 말에 어쩔 수 없다는 듯 고개를 끄덕이는 그녀. 비장한 표정으로 출발했지만 한 바퀴도 채 돌지 못하고 바닷가 모래사장 위로 올라온 해파리처럼 풀 사이드에 축 늘어져 버렸다.

"아직 멀었어요. 자, 빨리 출발하세요. 두 바퀴만 더 돌고 쉴게요."

나의 재촉에 그녀가 작게 한탄한다.

"어렸을 때 배웠어야 하는데, 수영을 너무 늦게 시작한 것 같아요…"
"네네, 시간 끌지 말고 빨리 출발, 출발!"

매정한 대답에 어쩔 수 없다는 듯 울상을 지으며 출발하는 뒷모습. 그녀의 말에도 일리가 있다. 영어도 어렸을 때 배우면 습득이 빠른 것처럼 운동도 어렸을 때부터 해야 금방 실력이 는다. 나이를 먹을수록 몸도 생각도 굳게 마련이라 무언가를 새롭게 습득하는 게 어렵기 때문이다.

그렇게 2주쯤 지나면 대부분 슬슬 현실을 깨닫고 자신과 타협한다. '어제 늦잠을 자서' '일이 피곤해서' '약속이 있어서' 이런저런 이유로 그들의 발길은 점점 줄어든다. 그렇게 북적이던 수영장도 조금씩 한산해진다.

한가로운 분위기로 돌아가 강습하던 어느 날, 레일 저편에서 요란한 발차기 소리가 들렸다. 그녀였다. 수업도 없는 날인데 혼자 연습하고 있었다.

금세 포기할 거란 내 생각과 다르게 그녀는 묵묵히 물과 싸우며 수영의 끈을 놓지 않았다. 연세는 나보다 많은 분이지만 강사로서 기특한 마음이 들었다. 힘을 북돋아주기 위해 수영장 끝에서 숨을 고르고 있는 그녀에게 다가갔다.

"자유형 많이 늘었는데요? 언제 이렇게 늘었지?"

"진짜요, 선생님? 늘었다니 다행인데요, 수영은 진짜 해도 해도 너무 어렵네요."

"당연하죠. 저도 할 때마다 힘든 걸요."

"정말요? 선생님도 힘들어요? 근데요, 쌤. 지금 생각해보면 젊었을 때 수영 안 하길 잘한 것 같아요."

"왜요?"

"이 나이쯤 되면 특별히 재미있는 일도 없고 딱히 하고 싶은 일도 없거든요. 그런데 요즘은 무척 설레요. 아침에 수영장에 갈 생각에 말이죠. 어렸을 때 수영을 배웠다면 이런 설렘을 느끼지 못했을 거예요. 그래서 요즘 너무 즐거워요."

쉰이면 지천명이라 하늘의 뜻을 알고, 예순은 이순이라 남의 말을 순순히 받아들인다 했던가. 무뎌진 삶에서 이순의 그녀가 느꼈다는 '설렘'이라는 감정이 내게도 문득 신선하게 다가왔다. 그 짧은 단어 하나에 가슴이 먹먹해졌다.

그녀의 수영 실력은 더디게, 하지만 분명히 나아지고 있다. 힘들어하면서도 잘 되지 않는 동작을 반복하며 그녀는 영법을 익혔다. 얼마 전부터는 마지막 영법인 접영을 배우기 시작했다. 생각해보면 나이가 어리다고 해서 무조건 '청춘'은 아닐 것이다.

조금은 느리지만 자신을 설레게 하는 것들을 하나씩 배워가며 도전하는 그녀야말로 진정한 청춘, 진정한 You Only Live Once가 아닐까.

나를 꼭 기억해줄래요?

"선생님 이거 먹어요."

사무실로 들어온 귀여운 꼬마 숙녀가 내게 초콜릿을 건 넸다. 이번 달부터 수영을 배우기 시작한 아홉 살 아이는 벌써 일주일째, 강아지에게 간식을 주듯 내 책상 위에 초콜릿 하나를 툭 올려두고 간다. 크, 이놈의 인기란.

꼬마 숙녀의 이름은 예원이다. 오늘은 예원이가 머리도 말리지 않고 사무실로 들어왔다. 고사리 같은 손엔 어제보 다 더 많은 초콜릿이 한 움큼 쥐어져 있었다. 예원이는 내 책상 위에 초콜릿을 놓아두며 말했다.

"선생님, 좋아해요!"

차곡차곡 1주일에 걸친 물밑 작업을 끝냈다고 생각했는지 예원인 내게 훅, 고백을 날렸다.

"선생님도 예원이 좋아해!"
"아니, 저는 선생님이 첫사랑이라니까요? 진짜로 선생님이 좋다고요."
"응. 선생님도 예원이가 진짜, 진짜, 진짜 좋아."
"으앙! 거짓말!"

너무 영혼 없이 대답했나. 예원이는 울면서 사무실을 뛰쳐나갔다. 미안하다, 예원아. 선생님 지금 좀 바빠. 나는 다시 모니터로 시선을 돌렸다. 오늘까지 제출해야 할 서류가 한가득이다. 정시에 퇴근하겠다는 굳은 의지로 서류 작업에 몰두하기 시작했다. 한참을 그러고 있으니 금세 당이 떨어졌는지 집중이 되질 않았다. 마침 책상 위에 덩그러니 올려져 있는 ABC 초콜릿이 눈에 들어왔다. 하나를 집고는 포장 비닐까지 씹어 먹을 기세로 입에 넣었다.

아, 너무 달아.

초콜릿이 너무 달아서 나도 모르게 팍 하고 인상을 썼다. 애들은 어떻게 이렇게 단 걸 맨날 먹는 거지? 더 먹었다간 혀가 말릴 것 같아 예원이가 준 초콜릿을 책상 서랍에 죄다 밀어 넣었다. 미안하다, 예원아. 또 한 번 마음속으로 예원이에게 사과를 하는 찰나, 문득 머릿속에 익숙한 장면이 스쳤다.

– 선생님, 이거 드세요.

분명 예원이는 아닌데, 그보다 더 낯익은 목소리.

매미의 구애 소리가 시끄럽게 한창이던 어느 무더운 여름날이었다. 수업이 모두 끝난 교실에 선생님은 혼자 남아 서류를 정리하고 있었다. 드르륵, 앞문이 열리고 조심성 없이 냅다 뛰어 들어오는 남자아이 하나. 아이는 선생님 책상 앞에 서서 손에 들고 있던 비틀즈 캔디를 책상 위에 우르르 쏟아냈다.

"선생님 이거 드세요."

"이게 뭐야, 해범아? 선생님 주는 거야?"

선생님이 해맑게 웃으며 묻자, 아이는 선생님을 좋아하는 마음을 들켰나 싶어 휙 하고 몸을 돌린다.

"근데, 선생님 못생겼어요."

아이는 마음에도 없는 말을 내뱉고는 쏜살같이 도망간다. 선생님은 아이의 눈에 너무나도 예뻤다. 이국적인 외모는 배우 앤 해서웨이를 꼭 닮아 있었다. 아마 아이의 8년 인생에서, 선생님은 가장 예쁜 사람이었을 것이다. 아이는 선생님의 주의를 끌기 위해 시도 때도 없이 말썽을 피웠다. 그럴 때면 선생님은 꾸짖기는커녕 늘 미소를 지으며 달래주곤 했다.

미술 시간이었다. 아이의 그림 실력은 겨우 동그라미를 몇 개 그려놓고 사람이라 우기는 정도였다. 하지만 자라난 손톱이나 신발의 로고를 한 땀 한 땀 그려내는 디테일함이 있었다. 선생님은 용케 그걸 알아보고는, "섬세하게 참 잘 그리는구나?"라며 칭찬했다.

섬세하다는 말이 어떤 뜻인지는 잘 몰랐지만, 그 말이 칭찬의 의미라는 것쯤은 눈치껏 알 수 있었다. 아이는 선생님의 관심을 놓치고 싶지 않았는지, 시들어가는 잎사귀의 끝부분이나 개미 다리에 난 털 따위를 더 세밀하게 그려 색칠하곤 했다. 마지막 화룡점정으로, 아끼던 금색 크레파스를 꺼내 스케치북 구석에 하트까지 그려 넣으면 완성. 이런 노력 덕분이었을까? 나는 그해 사생대회에서 1학년 대표로 최우수상을 받았다. 이후 선생님은 내가 3학년이 되던 해에 학교를 옮겼다. 그래도 한동안은 선생님과 편지를 주고받으며 연락을 이어갔다.

그 선생님 진짜 좋아했었는데… 예원이처럼 먹는 걸로 첫사랑을 공략했던 나의 어린 시절이 떠올라 피식 웃음이 나왔다.

어느새 시곗바늘이 여섯 시를 가리켰다. 퇴근해야지! 집 앞에 도착해 엘리베이터를 기다리는데, 한 중년 여성이 나를 물끄러미 쳐다본다. 착각인가 싶어 흘끗 눈치를 보았다. 하지만 그녀의 시선은 확실히 나를 향하고 있었다. 살짝 기분이 언짢아지려던 찰나, 엘리베이터가 도착했다. 나는 14층, 그녀는 18층을 눌렀다. 엘리베이터 벽에 붙은 거울을 보니, 그녀의 시선이 아직도 나에게 고정되어 있다.

"저… 혹시, 하실 말씀이라도…."

"너 해범이 아니니?"

"엇, 저를 아세요?"

동네 주민인 것 같기도 하고, 수영장 회원인가? 그런데 언제 봤다고 반말이신 거지? 흥.

"나 못 알아보겠어? 나 장경이쌤. 너 초등학교 1학년 때 담임 선생님."

맙소사. 그녀는 내 첫 담임 선생님이자… 나의 첫사랑이었다.

"난 한눈에 알아봤는데. 선생님이 많이 늙긴 늙었나 보다. 해범이가 몰라보는 거 보니."

선생님은 장난기 가득한 목소리로 말했다. 하지만 정말이지 죄송스런 마음이 들어 얼떨결에 선생님을 따라 18층까지 올라갔다.

"선생님 죄송해요. 그동안 잘 지내셨어요? 건강하시죠? 여기 사세요?"

"아니, 내가 여기 사는 건 아니고, 동생이 18층에 살아서 가끔 와."

남의 집 앞에서 오래 얘기를 나눌 순 없어 연락처를 주고 받았다. 그러고는 커피 한 잔을 약속하고 집으로 돌아왔다. 엘리베이터를 타고 내려오면서 신기한 기분이 들었다. 마치 잃어버린 초등학교 졸업 앨범을 다시 찾은 것 같았다. 그 시절, 여덟 살 아이가 느꼈던 감정이 스멀스멀 올라와 조금 뭉클했다.

며칠 후, 수영장 건물로 막 뛰어 들어가던 예원이와 마주쳤다.

"예원아!"
"…"

예원이는 나를 흘끗 쳐다보더니 꾸벅, 인사만 하곤 수영장으로 향했다. 반응이 예전 같지 않은데, 삐졌나? 걱정되어 따라갔다가 마주한 꽁냥꽁냥한 장면. 예원이는 또래 남자아이인 태민이와 초콜릿을 먹으며 키득키득 하고 있다. 여자의 마음은 갈대라더니. 아니 그래도 그렇지, 이렇게 빨리 변하는 거야? 예원아, 그래도 너의 기억 속엔 선생님이 첫사랑의 추억으로 남았으면 좋겠구나.

투샷 아메리카노는
더 이상 쓰지 않아요

물에 여덟 시간이나 들어가 있었더니 죽을 것 같다. 오늘 동료 강사 한 명이 몸이 좋지 않다며 결근을 했다. 그 덕에 수업을 세 개나 더 들어갔더니만 손가락과 발가락이 물에 퉁퉁 불어 쭈글쭈글해졌다. 지금 때 밀면 국수 한 그릇 뽑겠네. 아, 국수 먹고 싶다. 의식의 흐름으로 생각하는 걸 보니까 아무래도 카페인이 필요하다.

사무실로 들어가 맥심 세 봉지를 뜯어 종이컵에 담았다. 뜨거운 물을 콸콸콸. 스틱으로 종이컵 안을 서너 번 휘젓고는 홀짝, 한 모금 들이켰다. 커피가 목을 타고 내려가며 익숙한 포근함을 선사한다. 달콤한 안식. 달달한 맛이 강한 스틱 커피를 찾아 마시는 편은 아니지만 이 맛이 그렇게 또 당길 때가 있다. 분명 단데, 한편으론 또 쓰다. 달고 쓴 커피라니, 말이 안 되지만 말이 된다. 마치 어르신들이 김이 펄펄 나는 열탕에 들어가서는 아, 시원하다- 라고 말하는 것처럼. 그렇게 몽롱한 눈으로 수영장 의자에 걸터앉아 커피를 홀짝이는데, 집에 가려던 예원이가 호기심 가득한 표정으로 내게 다가왔다.

"선생님 뭐 먹어요?"

"커피."

"저도 먹어보면 안 돼요?"

"응. 안 돼."

"치사하게. 제가 초콜릿 많이 줬잖아요. 그러니까 한 입만 주세요."

지금까지 좋아한다며 초콜릿을 줘놓고는. 이제 와서 커피와 바꾸자니…. 예원아, 선생님 상처 받았어. 준 게 있으니 받아내야겠다는 반박 불가 말투에 예원이가 내민 손바닥을 보니 꼭 빚 받으러 온 사채업자 같다. 그 매서움에 설득당해 커피를 건넸다. 예원이는 신난 얼굴로 한 모금 마시더니-

"윽, 써. 이게 뭐야! 이런 걸 왜 먹어요."

얼굴을 잔뜩 찌푸린다.

"이게 바로 어른의 맛이야. 그러니까 예원이는 아직 몰라도 돼. 이리 줘."

예원이는 정수기 물로 입안을 대충 헹구고는 홀랑 친구들에게 가버린다. 다시 커피를 마시려는데, 방금 귀엽게 구겨졌던 예원이의 얼굴이 생각나 웃음이 나왔다. 에스프레소라도 줬으면 아주 그냥 난리법석을 떨었겠네.

한 모금을 빼앗겼기 때문일까. 괜히 커피가 부족한 기분이다. 나는 다시 사무실로 가서 책상 서랍을 열어 고이 모셔두었던 원두를 꺼냈다. 수동 그라인더로 원두를 갈아내자 벌써부터 묵직한 커피 향이 올라온다. 원두 가루를 여과지에 담고 천천히 뜨거운 물을 부어가며 커피를 내리니 한껏 기분 좋은 향이 모락모락 퍼진다. 사무실에 가득했던 수영장 특유의 염소 냄새도 이 순간만큼은 은은한 커피 향에 가려진다. 커피 향은 언제 맡아도 좋단 말이지.

생각해보면 나도 예원이처럼 커피 진짜 못 마셨는데. 언제부터 이렇게 커피 없으면 못 사는 사람이 되었지? 커피를 처음 마신 게 언제였더라.

때는 바야흐로 2007년 가을, 심리학 조별 과제 준비를
위해 조원 모두가 카페에 모였다. 당시 한창 프랜차이즈 카
페 붐이 일고 있었다. 그날 나는 태어나서 처음으로 카페에
가보았다. 조원들 중 가장 나이가 많은 동기가 대표로 주문
을 하겠다며 나섰다. 뭐 시킬래? 조원들에게 먹고 싶은 메
뉴를 물었다. 다들 한 명씩 돌아가며 알아들을 수 없는 단
어들을 읊어댔다. 따뜻한 아메리카노에 샷 추가, 카페모카
에 휘핑 크림 많이, 시그니처 핫초코에 자바칩, 그린티 프라
푸치노… 뭐지, 외국어 듣기 평가하는 이 기분은.

다들 익숙한 듯 메뉴를 말했다. 선배는 아무 말이 없는
내게 시선을 던졌다. 혼자 멍을 때리고 있자 다른 조원들의
시선도 내게 쏠렸다. 나만 바보가 된 것 같아 부끄러운 마
음에, 내 건 내가 주문하겠다며 자리에서 일어나 메뉴판이
붙어 있는 계산대로 향했다.

'어디 보자. 콜드브루, 블루 마운틴… 인도네시아 자바
뭐? 음, 역시 외국어 시험이 확실하군.'

뭐가 뭔지 하나도 모르겠네. 고민이 길어질수록 내 뒤로 줄도 함께 길어졌다. 그냥 맨 위에 있는 거 먹어야지. 저게 가장 잘 나가는 거겠지. 나는 메뉴판 맨 꼭대기를 가리키며 직원에게 말했다.

"저거 주세요."
"네?"
"저거요. 맨 위에 있는 거."
"에스프레소 말씀이세요?"
"…네!"

에스프레소가 뭔지는 모르겠지만, 맨 위에 있는 걸 보니 인기 메뉴가 분명하다. 가격도 저렴하고. 나는 격하게 고개를 끄덕이며 대답했다. 직원이 고개를 갸웃하며 되물었다.

"에스프레소는 커피 원액인데 괜찮으시겠어요?"
"네, 괜찮아요."

잠시 후, 직원은 '절대 환불 불가'라고 쓰여 있는 것 같은 얼굴로 완성된 커피를 내밀었다. 컵을 받아드는데 웬걸, 잔이 너무 가벼운 게 아닌가. 종이컵 무게가 수상하다. 자리로 돌아오자마자 뚜껑을 열어보았다. 뭐야, 만들다 말았네 이거. 찰랑, 바닥이 보일 정도로 커피의 양이 얼마 되지 않았다. 가서 컴플레인이라도 걸어야 하나 싶어 잠시 갈등하는데, 옆에 있던 동기가 놀란 표정으로 물었다.

"너 에스프레소 시켰어?"
"어? 어."
"그거 써서 어떻게 마시려고?"
"가끔 마셔."
"오 그래? 야, 너 커피 맛 좀 아는구나?"

동기가 아는 척하며 말하자 괜한 오기가 생겼다. 양도 별로 안 되는 커피가 써봤자 얼마나 쓸까 싶어 한입에 꿀꺽 털어 넣었다.

'윽, 써.'

연탄재를 물에 타면 이런 맛일까, 싶을 정도로 썼다. 그날 저녁, 나는 태어나 처음으로 각성 효과를 톡톡히 맛보며 뜬눈으로 아침을 맞았다. 그 뒤로 한동안 커피를 입에 대지 않았던 기억이 난다. 그러던 내가 언제 이렇게 커피 맛을 알고 케냐AA니 예가체프니 뭐니 찾게 된 걸까.

"음– 이거지."

진한 드립커피를 마시자 피로가 사라지는 것 같다. 이젠 커피를 숨 쉬듯 마신다. 과하다 싶을 정도로. 예전보다 커피의 쓴맛을 느끼지 못하는 내 모습에 조금 씁쓸할 때도 있다. 이렇게 진짜 어른이 되는 것일지도 모르겠다. 하지만 그것과는 별개로 이젠 커피 없는 내 인생은 상상조차 할 수 없다. 커피를 향한 갈구는, 인생의 쓴맛을 희석시키기 위한 일종의 몸부림이 아닐까. 아무렴, 인생에 비하면 커피는 다디단 것을.

미필적 허점이 사랑스럽군요

"나, 차 살 거야."

"뭐?"

여자 친구가 커피를 마시다 대뜸 자동차 사진을 보여주며 말했다.

"이 차 연비가 좋대. 가격도 합리적이야."

신나서 말하는 그녀의 마음속엔 이미 답이 정해져 있다는 것을 잘 안다. 난 의무적으로 고개를 끄덕였다.

"흰색이 좋을까 검정이 좋을까? 내 말 듣고 있어?"

"듣고 있지. 흰색 어때?"

"음, 흰색이 이쁘긴 한데 흠집 나도 티 안 나게 검정으로 할까 해."

"그래, 검정 괜찮네."

그녀는 웬만한 일은 알아서 결정한다. 우리가 처음 만날 때도 장소부터 시간까지 모든 건 그녀가 정했다. 보험에 가입하는 일부터 전통적으로 남자의 영역이라 여겨졌던 못 박기나 드릴 작업 같은 것도, 그녀는 내게 부탁하는 일이 거의 없다. 혼자서도 척척 잘해내기 때문이다. 그런 점이 그녀의 매력이지만 한때는 내가 못미더운가 싶어 서운했던 적도 있었다. 뭐, 이제는 너무나 익숙한 모습이다.

데이트를 앞둔 어느 날, 여자 친구로부터 연락이 왔다.

- 나 차 샀어!

며칠 전만 해도 어떤 색 차를 살지 고민하더니, 벌써 차를 샀다고? 그녀의 추진력은 역시 대단하다.

- 내일은 내가 오빠네 동네로 갈 테니까 기다리고 있어.

추진력에 진취적이기까지. 덕분에 내일은 몇 시간 더 잘 수 있겠구나. 다음 날 아침, 일어나 보니 메시지가 와 있다.

– 이제 출발.

슬슬 일어나서 씻어야겠네. 그런데 불현듯 걱정된다. 가끔 차를 몰긴 했지만, 서울까지 괜찮을까? 에이, 알아서 잘하겠지 뭐. 천천히 샤워를 끝내고 나와 보니 부재중 전화가 와 있다. 등골이 오싹하다. 괜스레 쿵쾅대는 심장을 진정시키며 전화를 걸었다. 통화음 너머로 깊은 빡침이 느껴지는 그녀의 목소리가 들렸다.

"나 어떡해? 사고 났어."
"뭐? 어쩌다가?"
"차 빼다가 주차한 차를 박았어."

아뿔싸, 로또는 좀처럼 맞는 일이 없는데 불길한 생각은 왜 이렇게 잘 맞을까. 어디 다친 데는 없는지, 보험사 직원은 불렀는지, 어디를 얼마나 세게 박았는지 묻고 싶은 말이 많았다. 하지만 가장 궁금한 것은 솔직히 이거였다. '혹시

네가 박은 차가… 외제차는 아니지?'

일단 이 질문은 목구멍 깊이 넣어두고 정답부터 꺼냈다.

"괜찮아? 어디 다친 데는 없어?"

"응. 괜찮아."

다행히 큰 사고는 아니었고 여자 친구도 다친 데는 없단다. 옷을 대충 입고 황급히 그녀가 사는 동네로 출발했다. 집에 도착해 벨을 누르자 어머니가 대신 나를 반겨주신다. 웃으면서도 한숨을 내쉬는 어머니를 뒤로하고 그녀의 방으로 들어갔다. 낮인데도 불구하고 암막 커튼을 다 쳐놔서 방 안이 깜깜했다. 불을 켜 보니 여자 친구가 침대에 누워 머리 꼭대기까지 이불을 쓰고 있었다. 얼굴 대신 빼꼼히 삐져나온 발가락이 나를 반겼다.

"나 왔어."

그제야 이불을 살짝 내려 얼굴만 쑥 내밀며 말했다.

"난 멍청이야. 보험 들자마자 박다니, 최악이야."

그 마음 나도 알지.

"에이. 난 처음 사고 냈을 때 외제차 박아서 얼마나 고생했는데, 이 정도면 저렴하게 액땜한 거지."

"그래도…."

"사고는 누구나 낼 수 있는 거야. 그래도 어제 보험 들었는데 오늘 사고 나다니, 크게 다치지도 않았고. 자긴 진짜 운 좋은 거야."

"…그래?"

그녀는 잠시 생각하다 갑자기 침대에서 벌떡 일어났다. 물 한 잔을 마시곤 다시 운전해보겠다며 차키를 찾았다. 내 말에 조금이나마 위안을 얻은 걸까?

"그런데 네 차, 어머님이 정비소에 맡기셨어."

일주일이나 행복합니다

일확천금의 꿈. 누구나 한 번쯤 상상하는 일이다. 로또에 당첨돼서 회사 때려치우고 전 세계를 유유자적 여행하는 내 모습. 창밖으로 바다가 펼쳐지는 호텔 스위트룸에서 호캉스를 즐기고, 사진으로만 보던 피라미드나 마추픽추를 구경하며 일정의 제약 없이 여행하는 그런 꿈같은 인생. 아니면 고급 스포츠카를 타고 매일 놀고먹는 인생은 어떨까? 아침은 한남동에서 브런치를 즐기고 점심은 청담동에서 투 플러스 한우를, 저녁은 5성급 호텔에서 스페셜 코스로다가 식사하는 인생 말이다(feat. 망할 코로나).

많은 사람이 이런 인생을 원하기에 미약한 운에 기대어 '로또'를 산다. 그러나 로또를 산다고 다 되면 그게 로또겠어? 로또 당첨은 역시나 허망한 기대였다는 것을 우린 금방 깨닫는다. 그래서 난 로또 살 돈으로 소주 한 병 사 먹는 게 더 이득이라 생각했다. 그런데, 그런데 말이야, 이번엔 진짜 느낌이 왔다니까.

다들 그러하듯 나 또한 전날 밤 기가 막힌 꿈을 꾸고 복권을 사야지, 하고 마음먹었다. 꿈속에서 나는 어떤 방문을 하나 마주했다. 문을 열고 들어서자 그 안에 있던 온갖 배설물이 내게 쏟아져 내리는 것이 아닌가. 그렇게 똥에 파묻혀 허우적거리다 오물에 압사할 때쯤 꿈에서 깼다. 현실로 돌아와도 꿈이 너무 생생해 온몸이 불쾌하고 찝찝했다. 이런 기분으로 다시 잠들고 싶진 않아 샤워를 했다. 덕분에 금세 평온을 되찾았다. 상쾌한 마음으로 푸근한 침대에 다시 파묻혀 잠이 들려는 차에, 아차 싶어 이불을 박차고 앉았다.

나도 드디어 조상님 덕을 보는 것인가? 똥 꿈을 꾸면 행운이 찾아온다던데. 그래, 복권을 사자. 이미 복권에 당첨된 것 같은 기분에 쉽사리 잠이 오지 않았다. 그렇게 나는 뜬눈으로 밤을 새웠다. 그리고 아침 댓바람부터 2만 원을 들고는 집 앞 복권 판매점으로 갔다.

자동으로 돌릴지 직접 숫자를 찍을지 고민이다. 혹시 성의가 없다며 조상님이 다시 복을 거두어 가진 않으실까 불안한 마음이 들었다. 그래서 세 장은 자동으로 하고, 한 장은 직접 번호를 찍었다. 영화 속 주인공처럼 마지막 숫자 하나에 운명이 뒤바뀌는 상상을 하면서.

'로또 되면 뭐 하지. 차도 바꾸고 건물도 좀 사고 집도 사고… 아니지. 은행에 넣어두고 이자나 받으며 살아야지. 어머니 운동하고 싶다니까 1년 치 PT도 끊어드리고, 여자 친구 노트북 새로 바꿔주고. 가족끼리 여행 다니면서 맛있는 것 좀 먹어야지. 그래도 역시 집부터 하나 사자.'

당첨금을 찾으러 갈 때 어떤 옷을 입고 갈까? 별의별 고민을 하며 집으로 돌아왔다.

이후 하루하루가 행복했다. 상사의 폭언에도 '얼마나 힘들면 저러겠어. 아직 대출금도 많이 남았다던데.' 하며 쉽게 이해할 수 있었다. 항상 사람들 사이에 끼어 짜증나던 지하철 퇴근길도 마찬가지. 이어폰에서 흘러나오는 제이슨 므라즈의 'Lucky'를 흥얼거리며 여유롭게 퇴근했다. 꿈을 누설하면 복이 달아난다는 말에 아무에게도 꿈 얘기는 하지 않왔다. 그렇게 일주일 내내 기분 좋은 답답함을 안고 토요일이 오기만을 기다렸다. 드디어 토요일 저녁 8시 45분, 그 시간이 다가왔다. 나는 한 치의 의심도 없었다.

"이번 주 당첨 번호는 2, 5, 14, 28···."
"!!"

당첨이다.

5천 원. 이토록 현실적인 숫자라니! 화딱지가 나서 복권 용지를 몽땅 찢어버렸다. 조상님 제사상이 부실했나. 가까이는 몇 년 전 돌아가신 아버지부터 멀게는 증조, 고조할아버지까지 면담을 신청해봤지만 거절당했다.

그래. 멋대로 북 치고 장구 치고, 꽹과리까지 친 내 탓이지. 내 팔자에 복권은 무슨. 흥분을 가라앉히고 조각난 5천 원짜리 로또 종이를 이어 붙이며 생각했다. 어쨌거나 꿈 덕분에 일주일은 행복했잖아? 하루하루가 팍팍하고 무미건조한 나날이었는데, 요번 일주일 내내 얼마나 여유롭게 보냈어.

단기 행복이었지만, 이 또한 열심히 살라는 조상님들의 작은 격려이지 않을까.

나는 일주일 치 행복을 다시 구매하기 위해 테이프로 이 어붙인 5천 원짜리 당첨 복권을 들고 편의점으로 향했다.

우리집 가훈은
'분수에 맞게 살자' 입니다만

　20대 후반까지 면허가 없었다. 그 나이쯤 되면 다른 면허는 없어도 자동차 면허 하나쯤은 가지고 있다던데. 나는 아니었다. 이유는 단순했다. 차가 없었고 차를 살 돈도 없었다. 나에겐 그저 중고나라에서 산 10만 원짜리 자전거면 충분했다. 하지만 아버지는 내 의사와 상관없이 유산으로 낡은 자동차 하나를 물려주셨다. 그제야 할 수 없이 면허를 땄다.

　처음 운전했을 때는 너무나 긴장되었다. 오죽하면 양손으로 핸들을 너무 꽉 잡아 어깨가 아플 정도였다. 하지만 주유하는 횟수가 늘어날수록 핸들을 잡은 손의 힘도 점점 빠져갔다. 그리고 언제부터인가는 한 손으로도 자연스럽게 운전을 할 수 있게 되었다. 자동차의 기동성은 자전거와는 비교도 되지 않았다. 언제든 친구들을 만날 수 있었고, 주말이면 훌쩍 바다를 보러 갈 수도 있었다. 운전 자체가 너무 재밌으니 나온 지 10년이 넘은 국산차라고 해도 벤츠며 BMW가 부럽지 않았다.

하지만 그 마음은 오래 가지 못했다. 1년이 지나고 자동차 보험을 갱신할 즈음이 되자 더 이상 운전하는 게 즐겁지 않았다. 내 차가 조금 창피하게까지 느껴졌다. 20대 때와는 다르게 사회생활을 적잖이 한 친구들은 거의 다 차 한 대 정도는 가지고 있었다. 그들의 차가 경주마라면 내 차는 나이 들어서 은퇴한 노마老馬 같았다. 그 감정이 최고조를 찍었던 날이 있었다. 오랜만에 대학교 동창들을 만난 날이었다. 소주를 몇 병이나 비웠을까? 친구 세현이가 한참 늦게 모습을 드러냈다. 미안하다는 말도 없이 자리에 앉아 테이블에 지갑과 핸드폰 그리고 영롱한 빛을 뿜내는 차 열쇠를 올려두었다. 벤츠였다.

"차 바꿨네?"

"얼마 주고 샀어?"

친구들이 하나둘씩 수군거렸다. 세현이는 차 열쇠 하나만으로 그날의 주인공이 되었다. 기분 좋게 올랐던 취기가 사라지고 나는 말없이 혼자 잔에 소주를 채워 마셨다. 차는 어느덧 나에게 즐거움의 상징에서 자괴감의 상징이 되었다.

그날 이후로, 나는 외제차를 너무 갖고 싶었다. 비싼 차를 타면 나도 비싼 사람이 될 것만 같았다. 그리고 그 기회는 생각보다 빨리 찾아왔다. 친구들과 떠나는 캠핑에서 우리는 차 한 대로 이동하기로 결정했고, 마침 그 차는 친구의 비싸디 비싼 외제차였다. 두 시간 넘게 운전해야 했기에 다들 운전하기를 꺼렸다. 난 주저하지 않고 운전기사를 자처했다. 미소를 머금으며 그렇게 좌석에 앉아 시동을 걸었다.
내 차라도 되는 양 편안한 마음으로 운전을 시작했다. 그래, 운전이 이렇게 재밌는 건데 말이지. 초보 때 느꼈던 기쁨을 다시 찾았다. 친구 하나가 커피를 마시고 싶다며 드라이브 스루 매장을 이용해보자고 했다. 좋아, 한 번도 드라이브 스루는 해본 적이 없었지만 여유롭게 매장에 진입했다. 그런데… 오우, 마이, 갓뜨. 코너에서 돌연 튀어나온 벽에 범퍼를 부딪쳤다. 순간, 심장이 미친 듯이 나대기 시작했다. '외제차는 범퍼만 수백이라던데…' 순간 내 몸이 바닥에 갈리는 듯한 고통이 느껴졌다. 이윽고 차가 말을 걸어오는 것 같다.

'너 따위가 주제도 모르고 감히 나를 몰아?'

곧바로 차에서 내려 범퍼를 살펴보았다. 다행히도(?) 눈에 잘 띄지 않는 작은 실금 하나만 발견되었을 뿐 큰 흠집은 없었다. 차주인 친구는 도리어 '그럴 수도 있지'라며 쿨하게 나를 위로했다. 너 임마, 여행 끝날 때까지 그 마음 변치 마라.

그때부터 난 작은 돌멩이 하나라도 차에 튈까 캠핑장까지 상전 모시듯 차를 모시고 가야 했다. 너무 경직된 상태로 운전을 해서 그런지 몸뚱이가 기진맥진한 상태였다. 힘없이 차에서 내려 문을 닫는데 하필 문에 옷이 꼈다. 마치 자동차가 범퍼값은 내고 가라고 하는 것 같았다.

'미안해요, 벤츠 씨. 근데 친구가 괜찮다고 했어요. 그러니까 제발 저 좀 보내주세요.'

차 문에 낀 옷자락을 빼려고 낑낑거리는 나를 보며 친구들은 혀를 찼다. 아빠가 정하신 우리 집 가훈이 떠올랐다. '분수에 맞게 살자' 아빠에게 뒤통수를 한 대 얻어맞은 느낌이다.

가끔 분수에 맞지 않는 삶을 살고 싶어질 때가 있다. 하지만 그 선을 넘는 순간, 삶은 오히려 피폐해질 수도 있다. 언젠가 신용카드 한도를 초과해 쓴 적이 있다. 한도 초과라며 신용카드를 돌려받았을 때 나 자신이 어찌나 부끄럽고 초라하던지. 그때 그 직원의 표정이 아직도 잊히지 않는다. 분수를 초과하는 건 어쩌면 더 초라한 삶만 만들 뿐일지 모른다.

인생 경험치를 마일리지 쌓듯 착실히 쌓아가다 보면 분수의 크기도 지금보다는 조금 더 커지려나. 급할 것 없으니 천천히, 여유를 가지고 살다 보면 언젠가는 나에게도 그런 날이 오지 않겠어?

경주마고 늙은 말이고를 떠나, 10년 된 내 차를 몰 때면 그렇게 편안한 마음이 들지 않을 수 없다. 일단은 지금의 분수에 맞게 마음이라도 편히 살아볼란다.

Part 3.

모로 가도
짧은 인생
즐겁기만
하면 되지

모두 망했으면 좋겠어

87년생 동갑내기 단체톡방.

– 소주 한잔하게 다들 나와

평소 같으면 한 시간은 족히 걸려 답장이 왔을 텐데. 오늘은 어째 다들 한가한지 곧바로 답장이 온다.

– 왜? 여자 친구랑 싸웠냐?ㅋㅋㅋ
– ㄴㄴ 안됨 나 야근
– 나도 조금 힘든데

정말이지 비협조적인 놈들. 이럴 줄 알았다. 톡을 하나 더 보냈다.

- 소고기 쏨

그러자 5초도 되지 않아 답장이 온다.

- 소고기 얘길 먼저 했어야지 어디로 감?
- ㅇㅋ 좌표 찍어
- 응 갈게

낚였다, 이놈들. 나 분명 고기만 산다고 했어. 이 친구들은 내일이 오지 않을 것처럼 퍼마시는 주당이라 언제나 안주보다 술값이 더 많이 나온다. 오늘도 분명 다르지 않으리라. 그렇게 퇴근 후 마장동에 모여든 87년생 동갑내기 상혁이, 자훈이, 지평이와는 오랜만에 만나도 전혀 어색하지 않다. 우리는 8년 전 라이프가드 자격증을 따면서 친해졌다. 그 뒤로도 가끔 이렇게 만나서 술을 마시며 끈적끈적하게 관계를 지속하고 있다. 이 징글징글한 놈들.

"근데 동철이는 왜 톡방에서 말이 없냐. 무슨 일 있대?"
"걔 이번에 테마주에 몰빵했다가 망했잖아."
"또?"

우리 넷 말고도 한 녀석이 더 있다. 언젠가부터 주식이라는 신앙에 빠져 다달이 월급 대부분을 증권가에 기부하는 증권가 기부천사.

"아까 연락 왔었어. 일 끝나고 온대."

상혁이도 주식 좀 한다더니 따로 연락했나 보네.

"어휴, 매번 그러기도 쉽지 않은데. 자, 잔 들어. 동철이 망했으니까 짠 하자!"

우리는 각자 자신의 소주잔에 소주를 따랐다. 서로 일일이 챙겨 따라주기도 귀찮으니 아예 소주를 각 1병씩 옆구리에 꼈다.

"근데 너는 무슨 일인데 갑자기 소고기를 다 사냐? 여자친구랑 헤어졌냐?"
"뭐래. 문제없거든. 헤어진 건 너고."
"나 안 헤어졌다니까!"

자훈이가 버럭 화를 냈지만 쟤 분명 헤어진 거 맞다. 한숨을 쉬고 팩트로 때려주려던 참이었는데 상혁이가 먼저 말했다.

　"야, 민정이가 마지막에 뭐라고 했어?"
　"음, 시간을 갖자고."
　"시간 얼마나 지났어?"
　"한 일주일?"
　"전화 받아 안 받아?"
　"안 받아."
　"그걸 보통 사람들은 좋게 말하면 헤어졌다, 나쁘게 말하면 차였다고 하는 거야. 멍청아."
　"…."
　"상현아 팩트 폭격 그만해라. 자훈이 뼈 닳겠다."

　시무룩해서 소주 두 잔을 연거푸 마시는 자훈이. 저놈 꼬락서니를 보니 이따 또 (구)여자 친구한테 전화할 각이다.

　"자훈이 헤어졌으니 한잔하자, 짠!"
　"그래서 넌 진짜 왜 보자는 거야. 무슨 일이야?"

과묵한 지평이까지 내게 물었다. 지평이는 원래도 말수가 없는 편이었지만 목수 일을 한 후로 더 말이 없어졌다. 종일 입을 열 일이 없는 직업이라서 그런 걸지도.

"나 아무 일 없다니까. 그냥 너희 보고 싶어서."

내 말에 눈동자 여섯 개가 동시에 내게 쏠렸다. 어디서 약을 파냐는 듯 의심스러운 눈초리였다. 그러다 이내 친구들은 소고기로 눈을 돌렸다. 자신들의 목적은 오로지 소고기라는 듯이. 어이 아저씨들, 그거 육회 아니야. 더 익혀야해. 녀석들은 소고기라서 괜찮다며 계속 처먹었다. 그래, 많이 먹어라. 허겁지겁 먹는 녀석들을 보자 헛웃음이 나온다.

오늘 아주 일이 없지는 않았다. 원래도 지랄맞은 상사의 히스테리는 오늘따라 집중포격이라도 하듯 나에게만 쏟아졌다. 그래서 술 한잔이 절로 생각났고 동시에 이 녀석들이 떠올랐다. 이 친구들과 만나면 마음이 편하다. 그렇다고 다른 친구가 없는 것도 아닌데.

내게도 학창 시절의 추억을 공유하는 오래된 친구들이 있다. 그중 한 친구는 현재 S가 SDI 사업부에 근무하며 매일 야근을 한다. 또 한 친구는 결혼을 잘해 한남동에서 와인 바를 운영하고 있다. 그들과 만나면 아주 높은 고도에 있는 것처럼 숨이 턱 하고 막힌다. 입 밖으로 말이 잘 나오지 않을 정도로.

소고기를 먹겠다고 달려온 이 녀석들과는 항상 편하게 말할 수 있다. 마치 나에게 어울리는 자리에 있는 기분이다.

때마침 동철이가 왔다. 다크서클이 턱까지 내려온 저 퀭한 눈이라니. 딱 봐도 나 주식하다 망했어요, 라고 얼굴에 쓰여 있는 것 같았다. 동철이가 자리에 앉자마자 안부 인사를 건넸다.

"너 주식 망했다며?"

동철이가 한숨을 쉬며 소주를 찾는다.

"와, 나 완전 망한 것 같아. 아는 형 믿고 들어갔는데, 폭망했어."

"난 누구 때문에 망했더라?"

"상혁아 넌 아직 가망 있어."

"죽을래?"

"…."

"내가 봤을 때 둘 다 가망 없어, 자 망한 동철이와 상혁이를 위하여 한잔하자. 짠!"

그렇게 한 병 두 병 비워졌고, 그날의 기억은 거기까지.

나이를 먹어가면서 차차 내 깜냥을 알게 된다.

깜냥, 흔히 말하는 '수준'이라는 것. 별로 좋아하는 단어는 아니지만, 그렇다고 남의 이야기 마냥 뚝 떼어놓고 모른 척할 수 있는 말도 아니다. 한때는 나도 소위 잘나가는 사람들의 틈바구니에 어떻게든 끼고 싶어 애쓰곤 했다. 모르는 대화 주제가 나와도 다 아는 척, 값비싼 레스토랑도 자주 가는 척, 우리 집에 금송아지라도 있는 척. 하지만 어느 순간부터 '인맥'을 위해 억지로 누군가를 만나는 일에 회의 감이 들었다. 나 지금 여기서 뭐 하고 있는 거야? 스스로를 감춰가며 불편함을 이어가는 관계. 그게 대체 무슨 의미가 있을까? 잠자고 있던 열등감을 깨우는 자리. 그보다는 술한잔을 해도 마음 편하게, 어떤 얘기를 해도 너무 심각하지 않게 받아들일 수 있는 사람들과 함께하기도 부족한 인생이다. 그런 의미에서 이 친구들을 만나면 마음이 무척 편하다. 내 깜냥이 얼마든, 내 상황이 어떻든, 내가 명품을 입든 동묘시장 옷을 입든 꾸밈없이 만나 소주 한잔 기울일 수 있는 친구들. 이들에게는 미안하지만 다 고만고만한(!) 수준이라 마음이 무척 편하다.

다음 날 아침, 카톡 소리에 정신이 들었다. 핸드폰엔 메시지가 잔뜩 쌓여 있다.

- 어제 얼마나 마신 거냐
- 겁나 먹음
- 야 잘 먹었다
- 그래 종종 사라

아, 이런. 내가 샀어? 카드 내역을 확인하고 나니 머리가 더 아파왔다.

웃는 얼굴로 괴롭히는 게 더 무섭지

췌 췌 췌이, 췌 췌 췌이-

아침 일찍 체육관에 나와 혼자 하는 운동들. 줄넘기, 러 닝머신, 섀도복싱. 그리고 지금은 '췌 췌' 입으로 소리를 내 며 샌드백을 치고 있다.

땡- 쉬는 시간을 알리는 종소리가 울리고, 나는 대자로 뻗어버렸다. 체육관 창문틀 사이로 들어온 햇살이 나를 감 싼다. 지금 전지적 작가 시점에서 보면 나 열라 멋있겠는데? 실제로는 듬성듬성 난 수염에 이발한 지 한 달은 족히 넘은 산발 헤어스타일. 현실은 누가 봐도 볼품없는 30대 중반의 아저씨일 테지만. 뭐, 어쨌거나.

벌러덩 누워 팔다리를 휘적거리며 아침 감성을 독차지하

고 있는데, 문이 열리고 남자 셋이 들어온다. 커다란 덩치와는 달리 딱 봐도 앳돼 보이는 얼굴이 고등학생쯤 됐을까. 이런, 저들과 눈이 마주쳤다.

"뭐야 저 아저씬?"
"몰라. 백순가 봐."
"근데 왜 옷으로 바닥 청소를 하고 있어?"

다 들린다, 얘들아. 탈의실로 들어가는 녀석들에게 첫 기싸움에서부터 완전 밀린 기분이다.

나를 이상한 사람처럼 보는 것 같았지만 어쩌겠어. 쪽수도 많으니 애써 무시해야지. 다시 운동을 시작했다. '췌췌' 소리를 내며 샌드백을 치는데, 옷을 갈아입고 나온 녀석들이 은근 거슬린다. 한 놈은 러닝머신을 뒤로 걷질 않나, 한 놈은 줄넘기하다 대충 아무 데나 던져버리질 않나, 한 놈은 링에 누워 핸드폰 게임을 하더니 갑자기 일어나 샌드백을 마구잡이로 치기 시작한다. 후– 목덜미가 뻐근해져온다. 더는 안 되겠어. 손에 끼고 있던 글러브를 벗고 목을 좌우로 흔들며 천천히 녀석들이 있는 곳으로 향했다.

"얘들아!"

세 쌍의 눈동자가 일제히 나에게로 꽂혔다.

"안녕?"

언제 봤다고 아는 척을 하냐는 듯 나를 노려본다. 나는
박수를 세게 치며 일단 셋 중 가장 만만해 보이는 안경 쓴
녀석에게 말했다.

"너 샌드백 겁나 잘 친다야. 복싱 오래 했나 봐, 몇 년이나
했어?"
"반 년 정도요."
"와, 난 1년은 한 줄 알았다. 1년 제대로 배우면 타이슨 뺨
치겠는데?"

계속된 칭찬에 안경 쓴 녀석은 쑥스러우면서도 좋아하
는 눈치다. 나는 그 틈을 이용해 작전을 시작했다.

"근데, 훅을 조금 더 꺾어 치면 힘이 더 많이 들어갈 거

야. 내가 샌드백 잡아줄 테니까 한번 쳐볼래?"

"… 근데 아저씬 누구세요?"

나는 체육관 벽에 붙어 있는 사진을 가리키며 말했다.

"야, 저기 파란색 옷 입은 사람 보이지? 저 선수 내가 키웠잖아. 쟤 진짜 좋은 학교 갔어!"

"진짜요?"

"내가 왜 거짓말을 해. 나 이 체육관 짬밥만 4년이야. 자, 훅으로 샌드백 쳐봐."

녀석은 내 말에 긴가민가 망설이면서도, 이내 지시한 대로 샌드백에 훅을 날리기 시작했다.

퍽! "좋다. 조금 더 꺾어서!"

퍽!! "잘하고 있어, 더 세게!"

퍽!!! "잘한다 잘해. 더더!"

칭찬은 고등학생도 춤추게 한다고 했던가, 녀석은 더욱 집중하며 샌드백을 쳤다. 그리고 어느새 그 모습을 부러운 듯 바라보는 친구2와 3.

'후훗, 부러워하지 마라. 곧 너희들 차례니까. 지옥의 꿀맛을 보여줄게.'

나는 손짓으로 친구2를 불러 샌드백 앞에 세웠다. 뒤이어 친구3도. 10분쯤 지났을까? '땡' 하는 종소리와 동시에 셋은 바닥에 널브러졌다.

'얘들아, 이제 시작이란다.'

바닥을 옷으로 청소하는 녀석들을 일으켜 러닝머신 위에 올렸다.

"복싱은 체력이 중요해. 종이 울릴 때까지 빠른 속도로 시작!"

그렇게 20분 뒤, 러닝머신에서 내려오자마자 주저앉으려는 녀석들 손에 줄넘기를 쥐여주었다.

"복싱은 스텝이 중요해. 자, 고고!"

그렇게 30분쯤 지났을까? 마지막 라운드를 알리는 종소리가 울리자 녀석들은 체육관 바닥과 한 몸이 되었다. 더는 못 하겠다고 헉헉대면서. 그 모습을 뿌듯하게 바라보며 찬물에 커피믹스 하나를 풀었다. 어쩐지 빼앗긴 아침 감성을 되찾아온 기분. 바닥에 주저앉은 녀석들을 쓱 훑곤 승리의 미소를 띠며 체육관을 나왔다.

다음 날, 평소처럼 체육관 문을 열고 들어섰는데,

"선생님, 오셨어요?"
"저희는 벌써 몸 다 풀었어요."

안경과 친구2와 3이 내게 90도로 허리를 굽히는 것이 아닌가. 뭐야, 이것들. 부담스럽게.

"선생님, 오늘은 뭐부터 할까요?"

알고 보니 그들은 체육 입시생이었다. 어제 모처럼 제대로 운동한 것 같다며 오늘도 잘 부탁한단다. 팔자에도 없는 코치 일을 하게 생겼다. 그 모습이 기특하면서도 어디까지 따라올 수 있나 하는 호기심이 들었다. 그렇게 녀석들의 방학이 끝날 때까지 아침 체육관 감성을 공유했다. 이 정도면 나쁘지 않은 타협 아닐까?

짜증을 내어서 무얼 하랴. 인상 써 봤자 늘어가는 건 주름밖에 없는걸. 그래 웃자, 웃어. 스마일.

모바일 청첩장이 도착했습니다

– 야, 잘 지내냐?

한동안 소식이 끊겼던 친구 경호에게서 연락이 왔다. 근데 이 싸한 느낌은 뭘까. 설마 결혼하나? 바로 이어서 오는 다음 메시지.

〈토요일 오전 11시 ○○웨딩홀로 당신을 초대합니다〉
– 나 결혼해. 시간 되면 와서 오랜만에 얼굴이나 좀 보자.

나에게 초능력이 생긴 것이 분명하다. 인사말만 보고도 결혼 소식을 읽어내다니. 근데 이 자식은 어떻게 2년 만에 연락하면서 결혼 얘기부터 꺼내냐. 경호와는 고등학교 때부터 붙어 다녔다. 학교가 끝나면 농구 코트에서 해가 질 때까지 마지막 승부를 불태우곤 했다. 그러고도 더 놀고 싶어 녀석의 집으로 가 어머니께서 해주시는 매운 갈비찜을 먹곤 했다. 그런데 성인이 되어서는 연락도, 친구 모임에서 마주치는 일도, 녀석을 만나는 빈도도 조금씩 줄어갔다.

그래, 각자 바쁘니까 모임에 자주 못 나오는 건 이해해. 근데 얼마 전에 내가 여자 친구와 헤어지고 힘들어할 때는 왜 모르는 척했냐? 그때 경호는 만난 지 얼마 되지 않은 여자 친구와 깨가 쏟아질 때였다. 그래도 그렇지 너무한 거 아니야? 같이 술 한 번을 안 먹어주냐. 이런 의리 없는 경호의 결혼식에 갈 생각을 하니 조금 고민이 됐다. 하지만 또 생각해보면 이 친구는 우리 아버지 장례식 때에도 왔었다. 그러니 좀 서운해도 가는 게 예의겠지.

결혼식은 동창회의 다른 이름 같았다. 오랜만에 만난 친구들은 여전했다. 고등학교 때 그대로 개구진 친구는 아직도 철이 안 든 것 같았고, 별명이 순둥이였던 녀석은 여전히 순둥순둥했다. 넌 그때나 지금이나 똑같다. 넌 좀 늙은 것 같네. 우리는 만나자마자 서로의 얼굴을 보며 놀려대기 바빴다.

신랑에게 일단 얼굴도장부터 찍자며 축의금 데스크 쪽으로 가니 오늘의 주인공이 보인다. 잔뜩 긴장해서는 로봇처럼 표정 없이 기계적인 인사를 반복하는 새신랑 경호가 우리와 눈이 마주쳤다. 경호가 반갑게 손을 흔든다.

"왜 이렇게 긴장했어. 너무 긴장하지 마. 너 어차피 이혼할 거니까."

순둥이라는 별명에 어울리지 않게 오늘따라 수위 높은 농담을 던지는 민재 녀석. 거기에 철이 덜 든 의성이가 한마디 더 거든다.

"그래 나도 결혼할 때 이혼할 줄 몰랐어. 그러니까 대충 결혼하고, 너도 빨리 우리 대열에 합류해라."

결혼하는 친구한테 할 말이 따로 있지. 이혼남들의 패기인가.

"네, 좋은 말 감사합니다. 이제 저리 꺼져."

경호는 어이없어하면서도 한편으론 우리의 장난에 조금
은 긴장이 풀린 것 같았다. 그러다 옆쪽에 계시던 어머니와
눈이 마주쳤다.

"어머, 너 해범이 아니니?"
"안녕하세요. 어머니, 저 기억하세요?"
"그럼 기억하지. 내가 해준 갈비찜 맛있게 먹었잖아."

오랜만에 뵙는 경호 어머니였다. 어머니는 세월이 비껴간
듯 그대로셨다.

"어머니 저는요? 저도 기억하세요?"

다른 친구들도 기대하며 물었지만, 어머니는 다른 친구
들을 기억하지 못하는 눈치.

"어….."
"저 의성이잖아요. 저도 갈비찜 많이 먹었는데."
"어 그래 의성아. 와줘서 정말 고맙다, 얘."

어머니의 공증으로 뜻밖에 경호와 가장 친한 친구로 인정받은 느낌이라 기분이 썩 좋았다. 식이 시작되기 전, 현금인출기로 가 돈을 뽑았다. 결혼하는 친구의 어머니가 나를 기억하면 축의금을 상향 조정하는 것은 국룰이지. 기쁜 마음으로 5만 원 더 쏜다.

결혼식이 끝나고 단체 사진 한 장 박고 나서 친구들과 피로연장으로 향했다. 갈비탕이 아닌 뷔페식이다. 마음에 드는군. 접시 하나에 연어회만 잔뜩 담아 자리로 갔다. 한 녀석의 접시엔 떡볶이만 한가득이다.

"넌 뷔페에 와서 떡볶이 먹냐?"

"지는. 야, 이 집 떡볶이 잘한다. 맛있어."

"…미친놈. 근데 너 떡볶이 먹는 거 보니까 옛날에 우리 신당동 할머니네 갔던 거 생각나네."

녀석은 삼시 세끼를 떡볶이만 먹고도 살 수 있는 녀석이었다. 학교에도 간식으로 떡볶이를 싸 들고 올 정도였다. 그러고도 부족했는지 하교길이면 학교 근처 떡볶이 골목에 우리를 끌고가 일주일에 네 번은 떡볶이를 먹였다.

"오늘 뭐 하냐? 다음 약속 없으면 우리끼리 나가서 한잔 할까?"

우리는 근처 술집으로 자리를 옮겼다. 한 잔 두 잔, 추억 거리를 안주 삼아 소주를 마셨다. 정신없는 와중에도 다들 택시비는 아까웠는지 막차만큼은 사수하더란 말이지.

"들어가라."
"야. 길에서 진상 피우지 말고 너희도 차 끊기기 전에 얌전히 집에 가."

그렇게 친구들과 헤어져 버스에 올랐다. 성수대교를 넘어가는데 불현듯, 이 근처 여고 학생들과 대면식 했던 일이 생각났다. 나도 모르게 입가에 미소가 번졌다. 그 기억을 따라 난 잠시 고등학생 이해범으로 돌아갔다.

결혼식이라는 게 참 그렇더라. 초대받으면 왜 그 결혼식에 가야 하는지 이유를 찾게 된다. 얼굴 본 게 언제였는지, 최근에 연락한 것은 언제였고 나에게 도움이 될 사람인지, 축의금은 얼마나 낼지. 하지만 막상 가보면 뜻하지 않게 반가운 얼굴을 만나기도 한다. 또 당당히 버진 로드를 걷는 모습에 마음이 애틋해지기도 한다. 어린 시절을 함께 보내며 마냥 철없는 줄만 알았던 녀석이 한 사람의 배우자가 된다니. 마음이 간질간질 기특한 마음도 든다. 내가 키운 것도 아닌데, 기분이 묘해진다. 다음엔 또 누가 결혼할지 모르지만, 조금은 덜 계산하며 더 많이 축복해줘야겠다.

나라가 허락한 마약,
핸드폰 중독

"우왓! 아오, 아파라."

침대에 누워 웹툰을 보며 낄낄거리다 그만 핸드폰을 이마 위로 떨어트렸다. 무방비로 얻어맞은 것도 서럽지만, 통증보다는 민망함에 마음이 더 아프다. 누가 본 것도 아닌데. 그래도 보던 건 마저 보고 자야지.

그렇게 언제나처럼 사경(새벽 1시부터 3시)을 헤매다 겨우 잠자리에 들었다. 아침을 알리는 요란한 음악 소리. 10분 간격으로 맞춰 놓은 알람 다섯 개가 울렸다. 마지막 알람이 울리자 겨우 손가락으로 꾹 눌러 끄고 핸드폰을 손에 쥐었다. 화장실을 지나 밥을 먹고 터벅터벅 걸어가 차를 타고 회사에 도착할 때까지, 핸드폰은 왼손과 오른손을 오가기만

할 뿐 내 몸에서 한시도 떨어지지 않는다.

샤워를 할 때도 꼭 유튜브를 틀어놓는 것은 물론이거니와, 화장실에서 큰일을 볼 때도 핸드폰은 내 손을 떠나지 않는다. 손에 핸드폰 특유의 네모난 그립감이 느껴지지 않으면 괜히 마음이 불안하다(이 불안한 마음은 곧 변비를 몰고 온다). 잠자리에 들 때도 마찬가지다. 분명 불을 껐지만 핸드폰 불빛에 내 동공은 한껏 확장되어 있다. 슬슬 잠이 올 것 같으면, 수면에 좋은 노래를 틀어놓고 잠자리에 든다. 나는 이 스마트한 녀석에게 중독되었다.

스마트, 말 그대로 똑똑한 손전화기와 친해지면서 아이러니하게도 내 자신은 더 멍청해지는 것이 느껴진다. 녀석은 내 건강까지 생각해주며 묻지도 않은 하루 동안의 핸드폰 사용 시간을 알려준다. 유튜브, 웹툰, 웹서핑 등등 시간을 다 합쳐보니 17시간. 응? 17시간이라니. 딱 자는 시간만 빼고 너만 바라보고 있었구나.

옛날 어른들은 텔레비전을 바보상자라 칭했다. 이젠 스마트폰이 그 역할을 대신하고 있다. 아무리 생각해도 17시간은 너무하다 싶어 앞으로는 녀석을 좀 멀리하기로 마음먹는다. 그 시작은 스마트폰 언어를 영어로 바꾸는 것부터였다. 뭔 소린지 모르면 잘 안 보겠지? 또 하나는 알람 설정. 말하자면 셧다운제라고 할까? 자정이 되면 자동으로 스마트폰에 암호가 설정된다. 일종의 경고다. 오늘 하루 자기 많이 봤으니 이제 그만 자라고. 의욕적인 마음은 작심삼일의 구간도 채우지 못하고 수그러든다. 영어 설정은 일주일도 가지 못해 한글로 바뀌었고, 셧다운도 해제됐다.

그렇게 예전으로 돌아와 스마트폰을 이마로 헤딩하며 노예 생활을 이어가던 중이었다. 하루는 목이 심하게 아파오는 것이 아닌가. 원래도 거북목 증후군이 있긴 했지만 이번엔 강도가 남다르다. 건강 염려증 환자는 빠르게 병원부터 찾았다.

"더 안 좋아졌네. 목 디스크 초기니까 신경 좀 써야겠어요."

의사는 병원에서 할 수 있는 물리적 약물적 치료도 중요하지만, 먼저 생활 습관부터 바꾸라고 충고했다. 턱을 의식적으로 넣고 다닐 것. 목 스트레칭을 자주 해줄 것. 목에 맞는 베개로 바꿀 것. 그리고 스마트폰 사용을 줄일 것. 네? 거기서 왜 또 녀석이 나오는 건가요, 선생님.

"핸드폰은 시선보다 아래에 있기 때문에 고개가 떨어질 수밖에 없어요."

'그래도 핸드폰은 못 참지!'란 생각과 다르게 통증은 점점 심해졌다. 권위자의 말대로 스마트폰 사용 시간을 줄이는 것밖에 방법이 없었다. 이번엔 버티리라. 최대한 스마트폰과 멀어지려고 노력했다. 러닝을 할 때도 스마트 워치만 차고 나가고, 자기 전에도 녀석을 보는 시간을 줄여나갔다. 그러나 며칠도 되지 않아 악마의 속삭임이 들려왔다.

'달릴 때 노래 없으니까 심심하지? 스마트 워치로는 음악도 못 듣잖아.'
'야, 12시 지났어. 웹툰 새로 나왔는데 안 볼 거야? 딱 한 편만 보고 자.'

속삭임은 강렬했다. 러닝할 때 음악 대신 들리는 호흡이

나 바람 소리가 새롭긴 했다. 하지만 노래만 한 러닝메이트는 없었다. 웹툰은 또 어떻고. 궁금해서 잠이나 오겠어? 볼 것은 보고 자야지. 그래서 찾은 방법은 '타협'이었다. 스마트폰을 안 쓸 수는 없으니 17시간 중 줄일 수 있는 시간은 줄여보기로 했다. 그렇게 만들어진 것이 스마트폰 금지 구역, '화장실'이다. 무슨 일이 있어도 화장실엔 스마트폰을 가지고 들어갈 수 없는, 〈스마트폰 화장실 불가침 조약〉을 만들었다. 그리고 또 한 가지, 스마트폰을 사용할 때는 최대한 팔을 들어 눈높이에 맞추기. 침대에 누워 스마트폰을 볼 때도 의식적으로 손으로 화면을 머리보다 높게 든다. 물론 조금이라도 집중이나 의식을 하지 않으면 손은 중력을 이기지 못하고 스스르 다시 내려온다. 귀소본능이라도 있는 걸까? 어쨌거나 나는 이렇게라도 녀석과의 공존을 택했다. 여자 친구 없인 살아도, 너 없인 하루도 못 사는 나니까.

또 슬그머니 위로

[체크 리스트]

☐ 마라톤 대회 D-13

☐ 복싱 대회 D-29

☐ 원고 마감 D-32

디데이를 한참 넘겨버린 계획들이 다이어리 한쪽에 빼곡하다. 의욕만 앞서 욕심을 부린 결과다. 이렇게 지우지 못하고 남아 있는 리스트를 볼 때면 인생이 뭔가 다 꼬인 기분이 든다. 남들은 모르겠지만 사실 이 계획들은 긴밀히 연결되어 있다. 당시 내 생각은 이랬다. 마라톤 연습을 하다 보면 살은 자연스럽게 빠질 것이고, 그러면 이후 나가는 복싱 대회에서 힘들게 감량할 필요가 없이 가볍게 우승할 수 있을 것이다. 그러고 나서 마라톤 완주와 복싱 우승 경험을 바탕으로 어마무시한 글을 써버릴 테다! 내가 생각했지만 칭찬한다 해범아. 참 잘했어요! 하지만 내 마음대로 흘러간 다면 그게 인생일까? 도무지 생각처럼 풀리지 않는다. 주머니에 아무렇게나 넣어둔 이어폰 줄처럼, 모든 게 다 시작부터 엉켜 있었다.

아침에는 잠을 줄이며 뛰었고, 점심엔 밥을 포기하며 뛰었고, 저녁엔 미래의 관절 건강까지 당겨쓰며 무릎 연골이 닳도록 대회를 준비했거늘. 대회를 3일 앞두고 몸살감기로 열이 39도까지 올랐다. 결국 출전 포기. 기다렸다는 듯 마라톤 대회가 끝난 다음 날 컨디션이 회복되었다. 그럼 그다음으로 계획했던 복싱 대회는 어떻게 되었냐고? 침대에 누워 아기새 마냥 주는 밥만 받아먹는 사이 내 몸뚱이는 어느새 닭둘기로 진화해 있었다. 복싱 대회가 얼마 남지 않은 상황에서 도저히 목표 체중까지 감량할 자신이 없었다. 결국 나는 체급을 올려 출전하는 것으로 계획을 수정했다. 그렇게 겨우(?) 오른 사각 링에서 마주한 상대. 쟤가 75kg이라고? 난 그의 두텁고 묵직한 주먹에 샌드백 신세가 되어 맥없이 쓰러지고 말았다. 원고는 말해 뭐 할까. 자존감은 땅

속 깊이 파고들어 무덤까지 들어갔는데 글이 써질 리가 없었다. 계획은 역시 세울 때만 기분 좋은 법인가. 결국 무엇 하나 뜻대로 이루지 못했다. 올해만 해도 아직 많은 대회가 남아 있지만 좀처럼 도전하고 싶은 마음이 생기지 않았다. 그저 맹목적으로 도전에만 집착했던 건 아닌지, 회의감까지 들었다.

침대에 멍하니 누워 있다 억지로 잠을 청하려는데, 핸드폰이 울린다. '부산 멋쟁이' 부산에 사는 군대 후임 정우였다. 얘가 웬일이래. 결혼이라도 하는 걸까? 다단계는 아니겠지. 지금은 전화고 뭐고 귀찮은데. 그렇지만 이 시간에 전화한 걸 보면, 혹시 상이라도 당한 건 아닐까? 내면의 갈등 끝에 통화 버튼을 눌렀다.

"행님! 어떻게 지내십니까."

목소리가 밝은 것을 보니 다행히 누가 돌아가신 건 아닌가 보군. 괜히 받았네.

"그냥 이것저것 하는 건 많은데…. 실속이 없네."

잔뜩 가라앉은 목소리로 퉁명스럽게 말하는데 정우가 넉살 좋게 웃는다.

"에이, 행님이 뭐 실속이 없어요. 얼마 전에 복싱 대회도 나가셨던데. SNS로 잘 보고 있어요. 별일은 아니고, 행님 목소리 듣고 싶어서 전화했어요."

분명 술 취한 목소리는 아닌데. 이 새벽에 이런 감성 폭발 아부성 멘트라니. 이거 분명 네트워크 마케팅이다.

"그래. 별일 없음 나중에 통화하자. 형이 요새 좀 피곤해 서…."

재빨리 통화를 마무리하려는데, 녀석이 말을 이어갔다.

"아, 행님! 실은요, 제가 얼마 전부터 공황 장애를 겪고 있 어요."
"…뭐?"
"그래서 요즘 고민이 많았는데, 행님 도전하는 모습 보면 서 용기를 얻을 때가 많아요. 고맙다는 말 하고 싶어서 전화했어요."

생각지도 못한 고백. 그리고 그런 이야기를 하면서도 도리어 덤덤한 정우의 목소리에 순간 목구멍이 꽉 차는 듯 울컥했다. 뭐야, 이 자식. 오밤중에 사람 눈물나게 하네….

"행님, 근데 복싱 대회 지셨더라고요? 그래도 도전하시는 거 멋있어요. 파이팅입니데이~."

공황 장애. 현대인이 가지고 있는 수많은 정신 질환 중 하나. 생명의 위험을 느낄 정도로 강한 공포가 이유 없이 마음속에서 뛰쳐나와 한 사람의 정신을 장악한다. 갑자기? 공포가? 이유도 없이? 직접 경험하지 못한 일이라 감히 상상할 수도 없다. 하지만 공황 장애를 겪은 사람들의 글을 찾아 읽어보니, 무섭고 두려운 마음 장애라는 것은 어느 정도 짐작할 수 있었다.

그에 비하면 나는 정말 별것도 아닌 이유로 우울해하고 있었던 것은 아닐까. 적어도 나의 의지로 극복할 수 있으니. 괜히 정우에게 미안한 마음이 들었다.

슬그머니 핸드폰으로 다음 대회 일정을 찾아봤다. 이번에는 마라톤을 뛴 다음 철인 3종 경기에 출전해야지. 마라톤으로 달리기 훈련을 하면 철인 3종을 위해 따로 달리기 연습을 하지 않아도 되니까.

나의 도전이 누군가에게 위로가 된다면, 이것 또한 내가 대회를 출전하는 데에 큰 의미가 되지 않을까? 꼭 좋은 결과를 만들어내지 못한다 해도 말이야.

잽싸게 참가 등록을 마치고, 정우에게 메시지를 보냈다.

– 마, 형 다음 달에 또 대회 있어서 부산 가는데 술이나 한잔하자. 형이 살게.

1일 1팩 하는 남자

"LED 마스크 팩을 시작합니다. 10분간 편안한 자세를 취해주세요."

큰맘 먹고 홈쇼핑에서 5개월 할부로 LED 마스크를 샀다. 피부 노화를 방지해서 한 살이라도 더 어려 보이고 싶은 마음으로 말이다. 관리하자, 해범아. 아직 아저씨란 소리 듣긴 좀 억울하잖아?

사흘 전이었다. 고등학생 정도 되어 보이는 아이가 내게 웃으며 길을 물었다.

"저기요. 아저씨, 혹시 벚꽃길 작은 도서관 이쪽으로 가는 거 맞나요?"

"무슨 도서관이요?"

"벚꽃길 작은 도서관이요. 주민 센터 근처라는데…."

"벚꽃길 도서관인지 모르겠지만, 저 길 우측으로 돌아가시면 주민센터가 있어요."

대충 설명하고 다시 내 갈 길 가는데, 걸을수록 왜 자꾸 기운이 빠지지? 절대 넘으면 안 되는 경계선을 넘어버린 것 같은 이 찝찝함. 마치 요단강 건너는 사람들을 멍하니 바라보고 있는데 뒤에서 누군가가 나를 밀어버린 느낌이랄까?

애써 무시하려 고개를 흔들었다. 하지만 머릿속에 둥실둥실 떠오르는 단어가 있었으니 그건 바로 '아저씨'였다. 사실 이 단어 자체엔 문제가 없다. 그저 내가 아저씨라는 말에 파블로프의 개처럼 조금의 거부 반응도 없이 대답했다는 것이 문제였다.

얼마 전 인터넷에서 '아저씨'와 '오빠'의 차이를 본 적이 있다. 지하철을 탈 때 에어팟을 끼고 노래 들으면 오빠, 이어폰 없이 핸드폰으로 축구 경기를 보거나 주위는 아랑곳하지 않고 통화하면 아저씨. 헬스장에서 헤드셋 끼고 뱃살이

삐져나올까 꾸준히 관리하면 오빠, 러닝머신에서 뒤로 걸으면서 박수치다 운동 초보자가 보이면 "운동 그렇게 하는 거 아니야"라고 텃세 부리면 아저씨.

그 말대로라면 난 아직 오빠 쪽이라 자신했으나, 이게 10대한테도 해당되는 내용인지는 잘 모르겠다. 누군가는 이렇게 말할 수도 있다. 30대 중반이나 돼서 뭘 그렇게 예민하게 구냐고. 물론 반박할 말은 없지만 그래도 싫은 건 싫은 거다. 벌써 아저씨라니, 너무 늙어 보이잖아….

아저씨가 되면 월급 다 쏟아부어 볼링 장비도 사면 안 될 것 같고, 마라톤 대회 나갔다 다음 날 복싱 시합 출전도 하지 못할 것 같고, 하물며 히말라야 같은 오지 여행은 꿈도 못 꿀 것 같다. 그렇다고 해서 내가 '아저씨'가 되어가는 걸 거부한다는 뜻은 아니다. 가끔 내 안에 있던 아저씨가 튀어나와 능글맞은 개그랍시고 주위를 얼려버릴 때가 있으니까.

그래도 할 수 있을 때까지는 반항하고 싶다. 귀를 막고 입으로 '아야아야아아아아' 괴음을 내며 끝끝내 못 들은 척하고 싶다. 그러다 영영 아저씨란 단어가 나에게서 멀어지면 더 좋고.

"LED 마스크 팩을 종료합니다."

마스크 기계를 내려놓고, 올리브영에서 비싼 돈 주고 산 아이크림을 약지에 살짝 묻혀 눈가에 콕콕 찍어 발랐다. 그러고는 순금이 1% 함유되었다는 팩을 얼굴에 붙이고 다시 눕는다. 혹 언젠가 아저씨가 진짜 내게 오더라도, 후회 없이 받아들일 수 있게 그때까진 내 액면 바리케이드가 오랫동안 버텨주길 바라본다.

그럼에도 소개팅

소개팅 시장에서 연인을 찾는 것은 동묘 보세시장에서 명품 옷을 득템하는 것보다 어려운 일이다. 30대의 소개팅을 과연 소개팅이라 할 수 있는가? 그런 논란은 차치하고서라도, 진정한 사랑을 찾고자 하는 몸부림을 함부로 비웃지 말라. 내 나이 서른, 나는 아직 사랑을 꿈꾼다.

예상치 못한 긴 싱글생활이 이어지던 서른 살의 어느 날. 소개팅 제의가 들어왔다. 일단은 기분이 좋았다. 경험상 연애로까지 발전될 확률은 낮지만, 그래도 뭔가 '나'란 사람의 가치를 인정받은 기분이랄까. 그렇게 소개팅 하나가 잡히고 나면 몸과 마음이 분주해졌다. 옷차림이나 매너도 신경 써야 하지만 무엇보다 중요한 것은 공감대 형성. 그녀가 철학을 전공했다는 정보를 입수한 나는 다급하게 서점으로 뛰어갔다. 철학책 코너에서 이것저것 훑어보다 가장 만만해(쉬워) 보이는 책 한 권을 골라잡았다.

약속 장소에 30분 정도 일찍 도착하면 심신 안정에 도움이 된다. 첫인사는 어떻게 건네야 좋은 인상을 줄 수 있을지 리허설도 해본다. 안녕, 안녕하세요, 처음 뵙겠습니다, 만나서 반가워요, 날씨가 참 좋네요, 괜찮아요? 많이 놀랐죠? 이런저런 인삿말을 어색하게 쥐어짜보는데, 누군가 말을 걸었다. 혼잣말 하고 있던 모습을 아무래도 그녀에게 들킨 것 같다.

"안녕하세요. 일찍 온다고 왔는데 더 일찍 오셨네요?"
"아, 네. 안녕하세요. 처음 뵙겠습니다."

그녀의 첫인상은 서글서글했다. 소개팅 매뉴얼이 있다면 첫 장에 적혀 있을 날씨 이야기부터 읊었다. 서로 간단히 신상정보를 나눈 뒤 자연스레 주고받는 티키타카. 좋아하는 음식은 뭔지, 주말엔 보통 뭘 하는지, 주선자와는 어떤 사이인지… 처음 만난 것 치고는 꽤 대화가 잘 된다는 느낌이 들었다. 우리는 자리를 옮겨 가볍게 맥주도 한잔했다.

다음 날, 주선자로부터 연락이 왔다.

"야, 어땠어?"
"응? 아, 다 좋은데 종교가 안 맞네."

소개팅이라는 게 참 그래. 몇 번 더 만나서 정들기 전까지는, 아무리 백 가지 공통점을 발견해도 극복하기 어려운 한 가지 차이점이 더 크게 다가온달까. 기대치가 있는 상태에서 만나서 그런 것일까. 아니면 20대 때보다 연애를 향한 절박함이 덜해서 그런 것일까. 30대가 되니 비록 쥐꼬리 같아도 따박따박 들어오는 월급으로 사고 싶은 것 사고, 먹고 싶은 것도 먹고, 하고 싶은 것은 어느 정도 다 하고 산다. 그러니 굳이 연애를 하지 않아도 딱히 외로움을 느끼지 못하는 것일지도 모르겠다.

당분간은 좀 더 싱글로서의 소소한 행복을 즐기면서 운명적인 만남을 기다려볼까나. 갑작스레 생긴 친구들과의 술자리나 혼자 훌쩍 떠난 여행지에서의 우연한 만남 같은 것도 좋겠다. 즐겨 마시는 소주 브랜드가 같다거나 하루 중 노을 지는 시간대를 가장 좋아한다거나 하는 사소한 이야기.

그런 소소한 대화들로 내 심장의 나이는 다시 스무 살로 돌아가는 거지. 이런 나에게 아직 철이 덜 들었다며 핀잔을 주는 사람들도 있다. 하지만 사랑이란 원래 철부지 아이 같은 순수함에서 시작해 서서히 무르익고 성숙해지는 것 아니겠는가.

친구에게 메시지가 왔다.

- 야, 소개팅 할래?
- 예쁘냐?

괴물은 호구를 좋아해

이 사회엔 괴물들이 섞여 있다. 그들은 공상 소설이나 만화에만 존재하지 않는다. 학교나 회사 더 들어가서는 PC방이나 목욕탕에도 침투해 곳곳에 존재한다. 그들은 먹이를 찾아 약자의 냄새를 맡으며 돌아다닌다. 내가 처음으로 괴물을 만났던 것은 교육 회사에서 사무직으로 일할 때였다.

당시 나는 아르바이트만 하다 사무직은 처음이었다. 회사에는 거의 나보다 나이가 많은 선배들만 있었다. 그래서 그런지 더 긴장되었다. 이런 내게 호구 냄새가 났던 걸까? 내 앞에 소 과장이란 괴물이 나타났다. 놈은 내 작은 실수부터 젓가락질하는 것까지 사사건건 트집을 잡았다. 어느날은 갑자기 자기 자리로 날 부르더니,

"오늘 몇 시에 왔어?"

"8시 30분에 왔습니다."

"이 새끼가 기본이 안 됐네. 수습이면 1시간은 일찍 와서 사무실 정리도 하고 그래야지 말이야. 너 내 책상 지저분한 거 안 보이냐?"

"죄송합니다."

참고로 출근 시간은 9시다. 또 어느 날은,

"너 내려가서 차 좀 빼 와."

"네? 저 대리님이 시키신 일이 있어서….."

"빼고 와서 하면 되잖아. 넌 유도리도 없냐?"

"죄송합니다. 금방 빼가지고 올게요."

참고로 내가 담당했던 일은 사무 보조지 발레파킹이 아니다. 하지만 날이 갈수록 소 과장은 나를 대할 때 목소리 데시벨이 한껏 더 높아졌다. 그에 반비례해서 내 멘탈과 자존감은 낮아져만 갔다.

- 회사는 어때? 오늘 술 한잔하자!

때마침 재수생 시절 친하게 지냈던 혁주 형에게서 문자가 왔다. 그래 소 과장은 지랄 같지만, 날 챙겨주는 사람이 주변에 있으니 세상은 아직 버틸 만하다. 오늘 나의 허한 속을 달래줄 메뉴는 삼겹살. 고기를 시키기도 전에 소주부터 주문했다.

"새로 들어간 회사는 괜찮아?"

"형, 회사에 소 과장님이란 사람이 있는데요. 제가 뭘 잘못했는지 저만 보면 소리를 지르고 못 잡아먹어서 안달이에요."

"얼마나 지랄 같은데?"

"업무는 그렇다 쳐도 젓가락질까지 지적하는 건 너무하지 않아요? 저 그만둘까요?"

형은 단숨에 소주잔을 비우고는 말했다.

"크, 야. 그만두는 건 네 마음인데, 어디에 가나 또라이는 꼭 하나씩 있어."

"그건 그렇죠."

"우리 과장은 자기 전원주택 산 거 자랑한다고, 금요일 저녁이면 우리 다 데리고 집으로 가잖아. 너 혹시 〈백만 송이 장미〉라는 노래 아냐? 부장이 갑자기 그 노래에 꽂혔는지 일주일 내내 사무실 BGM으로 깔아놓는 바람에, 백만 송이 장미에 깔려 죽는 꿈까지 꿨다니까?"

"형도 힘들었겠네요…."

"그럼, 힘들었지. 그래서 나도 방탄 노래 크게 틀었잖아. 그렇게 하루쯤 지나니까 안 듣더라? 그러니까 너도 그만두는 건 답이 아니라는 말이야."

"그럼 저 어떻게 해요?"

"그럴 땐 호구처럼 굴지 말고 미친놈처럼 굴어."

그래, 소 과장은 죽어다 깨어나도 바뀌지 않을 것이다. 그러니 답은 하나. 내가 바뀌는 수밖에.

다음 날, 팀원들과 함께하는 점심시간. 밥을 먹는데 오늘도 내 젓가락질을 유심히 바라보던 소 과장이 혀를 찬다.

"쯧쯧. 넌 몇 살인데 아직도 젓가락질 그렇게 하냐? 어렸을 때 부모님한테 안 배웠어?"

소 과장은 잘난 듯이 콩자반 한 알을 집어 입에 넣으면서 말했다. 난 젓가락을 내려두고 숟가락으로 콩자반을 펐다.

"저희 엄마가 콩자반은 젓가락으로 깨작거리지 말고 숟가락으로 먹으랬어요. 제 숟가락질 어때요? 과장님보다 콩자반 더 많이 펐는데."

숟가락에 있는 콩자반을 입에 털어 넣곤 손목을 살짝 꺾어 숟가락으로 그를 가리켰다.

"보세요, 이게 더 효율적이죠? 많이 드세요, 과장님! 콩이 몸에 얼마나 좋은데요."

누구나 호구일 수밖에 없는 시절이 있다. 이 시기, 약자의 냄새를 기가 막히게 맡은 괴물들이 물밀듯 다가와 우리를 뜯어먹으려고 할 것이다. 하지만 그럴 때, 더 미친놈처럼 구는 거다. 사람이 진짜, 가만히 있음 가마닌 줄 알더라니까?

호구 노릇을 해야 한다면, 그냥 호구 말고 차라리 살짝 미친 호구가 되어 보는 건 어떨까?

후뢰시맨, 이번엔 살려줄게

어느 토요일 아침. 무료하게 채널을 돌리는데 어렸을 때 보던 후뢰시맨이 방영되고 있었다. 20년 만에 본 후뢰시맨이 반가워 채널을 고정했다. 후뢰시맨은 악당 '리케프렌'과 맹렬히 싸웠다. 개인 기술도 써보고 단체로 필살기도 써봤지만 오늘따라 리케프렌은 장어즙이라도 먹고 나왔는지 꿈쩍도 하지 않는다. 결국, 리케프렌의 기다란 손가락 끝에서 나온 전기 공격 한 방에 후뢰시맨들이 나가떨어졌다. 이제 최후의 일격만이 남은 상황. 리케프렌은 쓰러져 꿈틀거리는 후뢰시맨을 흐뭇하게 바라보며 연설을 시작한다.

'보통 저러다 당하는데. 기다려주지 말고 바로 죽였어야지. 바보 리케프렌아.'

리케프렌은 바로 공격하지 않고 후뢰시맨을 괴롭히는 이유를 장황하게 설명했다. 마치 교장 선생님 훈화처럼 끊어질 듯 끊어지지 않는 말을 듣다 보니 꽤 그럴싸하다. 그러는 동안 후뢰시맨의 조력자 '마그'가 등장해서 바닥에 널브러진 용사들의 에너지를 충전시켰다. 그렇게 그들은 필살기인 롤링발칸으로 악당을 물리친다.

"이게 끝이라 생각지 마라! 싸움이 생각보다 길어지겠군, 후뢰시맨. 하하하하하."

자신의 패배에도 호탕하게 웃으며 사라지는 악당 리케프렌. 20년 만에 본 후뢰시맨은 여전히 정의로웠고 악당은 여전히 불의로 가득했다. 그런데 오늘따라 왜 악당이 더 매력적으로 다가오는 걸까. 누가 그랬는데. 만화 속 악당이 이해되기 시작하면 어른이 된 것이라고. 정말 내가 어른이 되어서 그럴 수도 있지만, 오늘따라 리케프렌의 서사가 조금 더 현실적으로 다가왔다.

현실에서는 정의로 가득한 후뢰시맨보다는 리케프렌 같은 악당을 더 많이 만난다. 그리고 그 수많은 악당 중에서도 처음 만난 악당만큼 기억에 오래 남는 악당도 없다. (엄마를 제외하고) 내 인생 첫 악당은 고등학교 관악부에서 마주한 영석 선배.

난 초등학교 시절 플루트를 2년 정도 배웠다. 그래서 반 강제 권유로 관악부에 들어가게 되었다. 관악부엔 색소폰 파트, 트럼펫 파트, 튜바 파트 등 다양한 악기 파트가 있었다. 그때까지 플루트 파트는 없었기에 내가 플루트 1기생이 되었다. 쫄리는 마음으로 관악부에 들어간 나는 플루트 소리만 낼 줄 알았지 연주를 잘하는 건 아니었다. 그래서 그나마 음역이 비슷한 클라리넷 선배에게 지도받았다. 그 선배가 바로 내 첫 악당 영석 선배였다. 선배는 자기 담당도 아닌데 귀찮은 걸 떠안았다는 듯 나를 탐탁지 않아 했다. 그는 늘 주머니에 악기 안쪽을 청소하는 기다란 막대기를 넣고 다녔다. 그러고는 쓴소리를 할 때마다 그 막대기로 머리를 탁탁 때리는 필살기를 썼다.

"야. '솔' 음이 그거 맞냐. 악보도 볼 줄 몰라. 진짜 짜증나게 할래?"

"죄, 죄송함다!"

"아, 이 꼴통 새끼."

연습은 늘 밤늦은 시간까지 이어졌다. 연습이 끝난 뒤에도 나는 덩그러니 혼자 남아 연습을 했다. 내일 또 욕먹고 싶지 않아서. 하지만 영석 선배는 산 넘어 산이었다. 다음 날 내가 '해병대 찬가'를 곧잘 해내면 바로 악보를 넘겨 '헝가리 행진곡'을 시켰다.

"야, 박자 못 맞춰? 빰빰빰~~빰. 이거 아니야? 하루 이틀 듣냐? 이 꼴통아."

이어 '헝가리 행진곡'을 연습해서 가면 다음은 '타령 행진곡'. 또 연습해 가면 다음은 '신아리랑 행진곡'. 내 고난의 행진은 끝이 없었다. 하지만 아이러니하게도 선배의 막대기가 허공을 가를 때마다 내 실력도 늘었다. 그렇게 나는 차차 악보에 있는 모든 곡을 소화할 수 있게 되었다. 나중에는 음악 선생님의 연주회 때 함께 무대에 올라 연주하는 기쁨도 맛볼 수 있었다.

예전만큼은 아니지만, 지금도 플루트를 잡으면 자동으로 손이 움직인다. 어느덧 플루트는 나의 취미이자 특기가 되었다. 그가 의도한 것은 아니었겠지만, 어쨌거나 나를 성장하게 만들어준 것은 인간 리케프렌 영석 선배였다.

악당이 꼭 나쁜 존재라 할 수는 없다. 어찌 보면 악당이 있기에 주인공이 더 빛날 수 있는 거고, 악당 때문에 주인공이 더 강해질 수 있는 법. 그러니 주변에 나를 성장시켜줄 악당 하나쯤 두는 것도 나쁜 일만은 아닐 것이다.

내 사랑 돈가스

    누구에게나 자신만의 소울 푸드가 있다. 적어도 좋아하는 음식 하나쯤은 존재한다.

    상상만 해도 군침이 도는 나의 소울 푸드는 여러 가지다. 하지만 그중에서도 만약 골방에 갇혀 한 가지 음식만 매일 먹어야 한다면! 단연코 돈가스를 선택할 것이다. 느끼하지 않게 비빔밥을 고르는 게 낫지 않냐고? 모르는 소리. 나에겐 평생 돈가스가 진리요, 빛이다.

    돈가스는 환상적으로 맛있다. 한국식 왕돈가스도, 일본식 돈가스도 다 얼마나 맛있는지. 널찍한 그릇만큼이나 넓고 바삭한 한국식, 두께가 두툼하고 씹는 맛이 있는 일본식. 아무럼 어떤가. 한국식이든 일본식이든 돈가스가 맛있다는 것은 변하지 않는다. 정성껏 두들긴 돼지고기에 계란물을 바르고 밀가루로 예쁘게 화장한다. 거기에 신부가 웨딩드레스를 입듯 하얀 튀김가루를 입히고, 170도로 맞춘 황금빛 포도씨유에 슥 담그면 사르르 기름 튀는 소리가 썩 듣기 좋다. 적당히 튀겨지면 얼른 돈가스를 꺼내 기름을 툭툭 털어낸다. 돈가스는 새하얀 드레스에서 어느새 황금빛 2부 드레스로 갈아입고는 우아한 자태를 뽐낸다.

저녁에 돈가스를 두둑히 먹었는데도 또 먹고 싶다. 나는 왜 이렇게 돈가스를 좋아하는 걸까? 냉장실에 겹겹이 쌓여 있는 돈가스를 보니 의문이 조금은 풀린다. 나의 입맛 형성에 8할 이상의 역할을 한 엄마도 돈가스 매니아다. 그러니 어릴 때부터 우리 집 밥상엔 김치만큼이나 돈가스가 자주 올라왔다.

돈가스에 대한 사랑 때문에 여자 친구에게 차인 적도 있다. 어떻게 데이트 할 때마다 돈가스집만 가냐고, 입에서 돈가스 냄새가 날 지경이라나. 자기도 돈가스 좋아한다고 할 때는 언제고 왜 이제 와서 죄 없는 돈가스를 탓하는 건지.

그래, 잘못이 있다면 아무거나 먹고 싶다던 그녀의 말에 진짜 아무거나 먹어도 괜찮은 줄 알았던 나의 무심함이 죄다. 그녀에게 나는 '헤어진 전 남친'이라는 타이틀보다 '돈가스'로 더 많이 불리지 않았을까 싶다. 아마 그녀의 친구들 사이에서도 나는 한동안 '돈가스남'으로 오르내렸겠지.

이럴 바에야 돈가스집을 운영하는 건 어때? 친구들끼리 우스갯소리로 자주 얘기했다. 한때는 진심으로 가게를 차려볼까 고민했던 적도 있다. 나름대로 진지했다. '케이돈'이라고, 대학생 때 자주 다니던 나의 고향과도 같은 집. 하도 자주 얼굴을 비추다 보니, 사장님과도 금세 친해졌다. 덕분에 서비스로 돈가스 한 덩이쯤 더 나오는 건 예삿일이었다. 한가한 시간에 갈 때면 종종 사장님과 수다도 떨었다. 그러던 어느 날이었다. 어김없이 '완돈'을 하고 나오는데 사장님이 말했다.

"돈가스 배워볼 생각 없어?"

늘 장난기 가득한 사장님이었는데, 그날만큼은 어딘가 진지해 보였다. 하지만 그 엄청난 제안을 받아들이기엔 스물넷의 이해범은 너무 어렸다. 그날이 사장님과의 마지막이었다. 방학을 맞은 나는 친구들과 내일로 티켓을 끊었다. 2주 동안 열심히 기차를 타고 여행을 다녔다. 집으로 돌아오자마자 여독이 풀리기도 전에 찾아간 돈가스집은, 더 이상 그 자리에 없었다.

이후로도 여러 돈가스집을 전전했다. 하지만 그때의 그 맛은 어디에서도 찾을 수가 없었다. 어느 날 말도 없이 홀연히 떠나간 옛사랑을 그리워하듯, 스물네 살의 이해범을 행복하게 해주었던 돈가스. 나는 그 맛을 여전히 잊지 못한다. 돈가스가 나의 넘버 원 소울 푸드가 되어버린 것은, 어쩌면 영원히 다시 만날 수 없게 된 지난날에 대한 그리움 때문일지도 모르겠다.

지금, 당신의 머릿속에 떠오르는 음식은 무엇인가요?

인생 진짜 짧을 수도

상상도 못 했던 전염병 유행으로 전 세계가 혼란에 빠졌다. 그 누가 생각이나 했을까. 사람들이 서로 악수조차 할 수 없고 외출할 때마다 마스크를 쓰고 다닐 거라고. 전염병이 돌던 초반에만 해도 이 또한 지나가리라 생각했다. 하지만 1년을 넘어 2년에 가까워질 때까지 이 바이러스는 우리를 위협하고 있다. 물론 인류는 언제나 그랬듯 해결책을 제시하겠지. 하지만 불행한 뉴스는, 이런 일이 앞으로 또 우리 일상에 예고 없이 찾아올 수 있다는 것이다. 그 말인 즉, 어찌 보면 우리의 생각보다 인생은 더 짧을 수도 있다는 얘기다. 그렇지 않아도 짧은 인생, 여기서 더 짧아진다니! 그렇다면 지금 당장 뭐라도 해야 한다. 설령 그것이 방황에 불과할지라도.

난 방황을 사랑한다. 방황은 말한다. 이리저리 가보고 헤매면서 자신이 갈 수 있는 곳까지 가보라고. 아는 길만 가면 재미도 없고, 또 인생은 좀 헤매기도 해봐야 추억도 생긴다. 원래 추억이라는 건 즐거웠던 추억보다는 힘들고 험난한 기억이 오래오래 남는 법이니까.

나에겐 아직 시간이 아주 많이 남아 있다고 착각하던 때가 있었다. 당시에는 종종 밍기적거리며 시간을 보냈다. 그렇게 그날도 의미 없이 시간을 보내기 위해 영화를 시청했다. 오늘 내 시간을 킬링할 영화는 픽사에서 나온 〈소울〉. 피아니스트가 되고 싶었지만, 현실은 학교 밴드부 시간 강사인 '조'의 이야기. 조는 강사 생활을 하면서도 꿈을 놓지 않고 재즈 바 면접을 보러 다닌다. 그는 결국 자신이 그토록 선망하던 밴드에 들어갔다. 면접 합격에 들떠 공연만 생각하던 '조'는 황당하게도 맨홀에 빠져 죽는다. 약간의 과장이 섞이긴 했지만 단순히 영화 속 이야기만은 아닐 것이다.

갑작스런 죽음의 방문은 현실에서도 얼마든지 일어나는 일이다.

앞에서도 얘기했지만 난 시간이 참 많다고 생각했다. 많은 사람이 그렇게 생각할 것이다. 혹은 남은 시간이 얼마나 있는지는 전혀 생각하지 않고 사는지도 모르겠다. 시간이 많다고 여기는 것은 죽음이 아직은 나와 멀리 떨어진 일이라 생각한다는 방증이다. 그래, 아무리 가는 데에는 순서가 없다고 해도 30대에 죽음이 가까이 있다는 생각으로 벌벌 떨 필요는 없겠지. 아주 가끔 친구 부모님이 돌아가시거나 유명 배우가 죽었다는 소식을 접하면 '죽음은 뭘까' 하고, 담배 한 개비를 다 태우는 시간만큼 잠시 생각해보겠지만. 그게 전부다. 죽음은 우리가 생각하는 것보다 훨씬 더 가까이에 있는데도 말이다.

'조'와 같은 황당한 죽음은 나와는 관계없는 그저 먼 나라, 남의 일 정도로 치부하기 쉽다. 하지만, 현실이 어디 그렇던가. 예상치 못한 사건 사고로 황망하게 세상을 떠나야 했던 이들도, 살아생전 자신의 삶이 그리 허망하게 끝날 것이라고는 상상조차 하지 못했을 것이다.

우리에게 남아 있는 시간은 생각보다 적을 수도 있다. 인생은 진짜 모르는 거니까. 그러니까 시간이 있을 때 해보자. 아니, 하자. 기회를 뒤로 미루지 말고, 오른쪽으로도 가보고 왼쪽으로도 가보면서, 때로는 길을 잃고 비틀거릴지언정 방황 속에서 자신이 가야 할 길을 찾아보면 좋겠다. 독일 작가 괴테도 닥터 파우스트의 입을 빌려 이렇게 말하지 않았던가? "인간은 노력하는 한 방황하는 법이다."라고 말이다.

가볍게, 더 가볍게

비행기를 타고 해외여행을 가면 꼭 1일 3맥(술)을 실천한다. 취기가 살짝 올라오면서 붉어지는 얼굴, 정신이 몽롱해지면서 느슨하게 풀어지는 느낌이 참 좋다. 내가 사랑하는 순간.

먼 이국땅에서 맥주 한 모금을 마시는 것. 이 맥주 한 잔은 온갖 스트레스로 얼룩진 일상으로부터 탈출하게 도와준다. 골치 아픈 업무도 복잡한 인간관계에 대한 부담감도 이 순간만큼은 사라진다. 폭식을 하고 나서 남몰래 허리띠를 풀었을 때나, 집에 오자마자 가슴을 옥죄는 브래지어를 벗어던졌을 때의 그 해방감(여자 친구 피셜)과 비슷하려나. 무엇을 위해 이리 아등바등 사는 걸까. 여행을 할 때면 늘 그런 생각이 들었다.

평소와는 다른 공간, 낯선 사람들 사이에서 기분 좋은 취기를 느끼며 꿈만 같은 이국의 공기를 만끽하는 것도 잠시. 여행의 끝은 결국 일상으로의 복귀다. 일장춘몽의 시간을 뒤로하고 낯선 땅을 떠난 인천행 비행기가 다시 현실로 착륙하는 순간, 중력이 달라지기라도 한 것인지 몸도 마음도 물먹은 솜처럼 무거워진다. 어째 그전보다 마음이 무거운 것 같기도 하고, 소소한 걱정들이 어느새 머릿속을 가득 채운다. 내일부터 다시 시작될 하루를 떠올리니 벌써부터 답답함에 괴롭다. 뭉그적거리며 공항을 빠져 나오는데, 오랜만에 맡는 익숙한 밤공기가 몽롱해져 있던 정신을 깨운다.

'아직 오지도 않은 내일에 대한 걱정 때문에 오늘의 나를 낭비하다니. 한심하기 짝이 없군!'

생각은 쉽지만 행동은 늘 어렵다. 유독 지루하고 괴롭다 느껴지는 날이면 기분전환 겸 예전에 쓴 일기를 꺼내 읽는다. 이럴 때면 참 일기 쓰길 잘했다 싶다. 지금 돌이켜보면 진짜 별것도 아닌 일로 걱정하고 불안해하던 과거의 내가 있다. 대부분의 걱정은 시간이 지나면 자연스레 해결되는 일들이었다. 그리고 그 외의 것들은 내가 어떻게 할 수 없는 능력 밖의 일들이었다. 정말 고민다운 고민은 열 개 중에서 한 개 정도 있을까 말까였다.

여행하는 순간만큼은 이 모든 걱정과 근심들을 저 멀리 미뤄둘 수 있다. 여행이 즐거운 이유 또한 여기에 있지 않을까. 바꿔 말하면, 일상에서도 그렇게 하지 못할 이유가 없다. 대부분의 고민이 애쓴다고 해결될 일이 아니라면, 그냥 잊어버리기. 마치 매일매일이 여행 중인 것처럼. 걱정으로 무거워진 몸과 마음을 가볍게 비워낼 수만 있다면 내가 지금 존재하는 이곳이 한국이든 유럽이든 무슨 상관이랴.

집에 도착해 가방을 대충 던져놓고 냉장고를 연다. 시원하게 대기 중인 캔맥주 하나를 집어들었다. 생각해보면 막상 걱정하던 어느 순간이 와도 대단한 일이 아닐 때가 더 많다. 그러니 의미 없는 생각들로 스스로를 괴롭히지 말자. 맥주 한잔 마시면서 여행 여운이나 마저 음미해야지. 걱정들은 훌훌 털어내고서.

그래, 오늘은 오늘의 나만 위로하면 그만이다. 내일은 내일의 나에게 맡기는 걸로!